最強陰陽師の異世界転生記
～下僕の妖怪どもに比べてモンスターが弱すぎるんだが～
3
kosuzu kiichi
小鈴危一
illust.
柚希きひろ

「わたくしを信じてください。
信じてくださるのならば……
わたくしも、必ず約束を果たします」
フィオナ・ウルド・エールグライフ
聖皇女

「……」
アミュ 学生
セイカ・ランプローグ 陰陽師

「家族……とかに会ってほしいんだ」
イーファ 奴隷
「……わたし、アミュちゃんならいいよ。おめでとう……」
「あ、あ、あんたなによそれっ、どういうつもり!?」

# 最強陰陽師の異世界転生記

## ～下僕の妖怪どもに比べてモンスターが弱すぎるんだが～

kosuzu kiichi
小鈴危一

3

illust.
柚希きひろ

# CONTENTS

# 第一章　其の一　chapter 1

頬を撫でる風が、少しだけ暖かくなっている。

それに気づいたぼくは、ふと日の長くなった空を振り仰いだ。

学園生活二年目の、冬が終わろうとしていた。

学期末の試験もすべて済み、学園はもうすぐ春休みを迎える。

「メイベル、あんたちゃんと進級できそうなの？」

「なんとか」

「みんなでがんばったもんね～」

ぼくの前を歩く彼女らの方からは、そんな会話が聞こえてくる。

明日から始まる春休みが終われば、ぼくらは三学年だ。

初等部の最終学年。そろそろ皆、先のことを考えなければならなくなってくる。

高等部へ進み、研究の道を選ぶか。はたまた卒業し、自分の力で生きていくか。多くの学生が頭を悩ませるところだろう。

ぼくとしては、冒険者になることをほぼ決めていた。

教師という道も悩んだ。前世のように、子供へ学問を教えながら暮らすのも悪くない。

ただ良い待遇を求めるならば、必然的にこの学園のような帝立機関か、金を持っている貴族に雇われることになる。

そういうのが性に合わないことは自分でよくわかっていたし、何より……権力者の近くにいることは、なるべく避けたかった。

仮に力を振るい、目を付けられる羽目にはなりたくない。

この世は、最強の暴力と世界の真理をもってしても立ち向かえないような、狡猾な人間が動かしている。

そういう連中を相手取るのは荷が重い。

ぼくには荒事の方がずっと性に合っている。

アミュとの約束もあるし。

というわけで、進路を決めたぼくは先の悩みとは無縁のはずだったのだが……。

今はちょっと、別の理由で気が重かった。

……仕方ない。

溜息をつき、意を決して口を開く。

「アミュ。ちょっといいか」

前を歩いていたアミュが、足を止めて振り返る。

「なによ。あらたまって」

「実は頼みがあるんだ」

「頼み？」

「ぼくの実家に、顔を見せてくれないか」

「……は？」

「家族……とかに会ってほしいんだ」

「はあっ⁉　な、な、な！」

アミユが目を見開き、あからさまに狼狽しながら言う。

「あ、あ、あんたなによそれっ、どういうつもり⁉　あ、あたしたち別にそんな関係じゃ……」

「ダメか？」

「ダメもなにも、いきなりすぎるのよ！　か、考える時間が欲しいっていうか、その……」

「それもそうだな。待ってるよ。でもなるべく早く、いい返事が欲しい」

「〜〜っ‼」

顔を赤らめて目を丸くするアミユの隣では、イーファが涙目になって何か言っていた。

「アミユちゃん……わたし、アミユちゃんならいいよ。おめでとう……」

「あ、あんたもなに言ってんのよ‼」

と、そこで。

ぼくらの顔を見回していたメイベルが、首をかしげながら口を開いた。

「……求婚？」

「ん？　いや、違う違う」

ぼくは苦笑しながら答える。

「実家から手紙が来てね。父上……とかが、アミュにぜひ会いたいって。学園に首席合格した全属性使いの魔法剣士がいるって、噂で聞いたみたいなんだ」

勇者の話に関しては箝口令《かんこうれい》が敷かれているだろうが、生徒が実家へ送る手紙や、帰省の土産話までは止められない。いくらかはアミュの噂が広まっているようだった。

「魔法学に携わる者としては気になるんじゃないかな……たぶん。ぼくも学費を出してもらっている手前、連れてこられませんでした、では肩身が狭くてね。だからアミュ、できれば一緒について来てくれると助かるんだけど」

「………」

口をあんぐりと開けたまま固まっているアミュに、ぼくはふと気づいて言う。

「もしかして、誤解させたか？」

「っ‼　するわけないでしょっ、ばか‼　あんたほんとぶっ飛ばすわよ⁉」

なんでぶっ飛ばされなきゃいけないんだよ。

なぜかイーファと並んで疲れたような溜息をつくアミュに、ぼくは改めて訊く。

「それで、どう？」

「んー……？　まあ、いいわよ。春休みは家に帰る予定もなかったし、ヒマだし。でもあたし、お貴族様の作法とかよくわからないけど」

「大丈夫大丈夫。所詮遠方の田舎貴族だから、普段は作法なんて気にしないよ。あー……だけど一応、後で教えとく」

さすがに無作法ではまずい相手がいるからね……。

「そうだ、よかったらメイベルも来ないか？」

「私？」

「クレイン男爵家は学会で関わることが多いからね。令嬢が顔を見せてくれるとなれば、父上もきっと喜ぶよ」

「……じゃあ、行く」

「よかった。それならさっそく早馬で手紙を出しておこう」

よしよし。

頭数はいた方がいい。ぼくが相手をせずに済むかもしれないからな……。

などと考えていると、メイベルが口を開く。

「ねぇ、セイカ」

「ん？」

「さっき、家族とか、って言ってたけど」

「えっ」

「ほかに誰かいるの？」

「あー……」

ぼくはメイベルから目を逸らしながら答える。

「兄さんの婚約者が来てる、かもしれないな。あと親戚とか、客とかね。そういうのがたまたま、いるかもしれない。いたらまあ、挨拶しないと。ほら、メイベルも貴族になったんだからわかるだろ？」

「わからない」

「あ、そう？　でもそういうものなんだよ」

「ふーん……だからさっき作法教えるって言ってたわけね。なんか気が重くなってきたわね……。イーファはそういうのわかる？」

「わたしは奴隷だから……一緒の席には座らないし、お話しすることもなかったよ。今回もそうする」

「そうだったわね……あたしもそれじゃダメかしら？」

「ダメに決まってんだろ。あー……まあとにかく、そういうわけだから！　馬車は三日後に出るから、みんな準備しておいてね。それじゃあまた」

と、別れ際に言い残し、ぼくは男子寮への道を逃げるように歩き出した。

◆◆◆

「はぁ……」

「気が重そうでございますねぇ、セイカさま」

男子寮への道すがら、頭の上でユキが言う。

「そんなにあの屋敷へ帰るのが嫌でございますか？」

「まあね……」

　会いたくない人間がいるんだよ、二名ほど。

「それならば、いつものように断ってしまえばよかったでしょうに」

「そういうわけにもいかないんだよ」

「なにゆえ、今回ばかり？」

「……実は今、屋敷にかなり偉い人が来てるんだ。アミュやぼくに会いたいと言っているのもその人なんだよ」

「ははぁ……。勇者の娘が入学してから二年も経って、今さらのように連れてこいという文《ふみ》が届くのも妙だと思いましたが、そういう理由があったのでございますね」

「人の世は面倒なのさ。地位とか権力とか絡むとね」

　ぼくがそう言うと、ユキは少し黙った後に、やや釈然としないように呟く。

「それは……ユキには、よくわかりませんけども……」

「……？　なんだい？」

　ぼくが促すと、ユキがぽつぽつと話し出した。

「地位や権力と言いますが……そのようなもの、結局は力で簒奪《さんだつ》できるではないですか」

「……」

「セイカさまならば、望めばいつでも手に入りましょう。なぜそこまでおもねるのです。かの世界では時の帝《みかど》ですらもハルヨシさまを敬い、対等に接していたというのに……」

どこか歯がゆそうに言うユキへ、ぼくは静かに答える。

「そう単純なものじゃないのさ……。たとえば、大貴族や皇帝の地位を力で奪ったとして、それからどうする？　政《まつりごと》や策謀に不得手なぼくがその地位にいたところで、周りからいいように利用されるだけだ。彼らには彼らの闘争がある」

「そのようなもの、セイカ様のお力があればいかようにも……」

「政敵も力で滅ぼすか？　だがそのような恐怖政治の末に、いったいどんな世界がある？　粛清に怯え話し合いすらままならない議会に、他者を蹴落とすために密告し合う貴族や商人。賢人の放逐と疑心暗鬼で政治は崩壊し、いずれは他国に攻め滅ぼされるか、民の反乱でも起きるのが関の山だ。少なくとも、この豊かな国は失われてしまうだろう。ぼくに待つのも破滅だよ」

「……」

「力でできることには限りがあるんだ、ユキ。ぼくだってなんでもできるわけじゃない。かの世界では様々な叡智《えいち》を学んだが、こと政《まつりごと》に関しては、到底政治家にはおよばなかった。人の思惑や営みは、ぼくには難解に過ぎる」

そんな当たり前のことを……少しばかり長く生きたせいで、あの頃は忘れてしまっていた。

「ぼくは……少しも、予見できなかった。哀れな幼き帝と親しくなったことで、数十年後の皇位争いに巻き込まれることも。弟子を手にかけられないことを見越されて……敵の陣営が、あの子を差し向けてくることも」

「……」

「政《まつりごと》の世界になど、わずかにでも足を踏み入れたのが間違いだった。政治家にとっては、常ならざる強者も駒の一つに過ぎないのだろう。現に歴代最強の陰陽師であってもこうして討ち斃《たお》された、異世界転生などする羽目になってしまった。下手に力を見せて目を付けられれば……この世界でも、同じ目に遭いかねない」

「ならば……どのようにすればいいと……？」

「だから、目立たないように生きるんだよ」

ぼくは、そう答える。

「偉い人間にへりくだり、大勢のうちの一人に紛れる。策謀で敵わなくとも、そもそも彼らに関わらなければいいのさ。力をなるべく振るわずに、隠しておけばそれで済む」

「……」

「最低でも、その程度は狡猾に生きないとね。じゃないとまた幸せになれないまま死ぬことになる。もっとも、このところはちょっと気が緩んでたけど……」

「でもそれではっ」

珍しく、ユキがぼくを遮るように言った。

「でもそれでは……時に、諦めることにもなるのではありませんか？」

ぼくは、思わずきょとんとして訊《たず》ね返す。

「諦める？　何を？」

「それは……上手く言えないのですが……ううん、やっぱりなんでもありません」

それきり、ユキは黙ってしまった。

ぼくはふと笑って、頭の上に乗る妖《あやかし》に語りかける。

「退屈な話をしてしまったな。何か食べたいものはあるか？　ちょうど試験も終わったし、街へ買いに行こう」

「あ、でしたらユキは、桃の砂糖漬けがいいです」

「お前甘いもの好きだよなー」

狐の妖《あやかし》のくせに。

◆　◆　◆

それから三日経って、ぼくたちを乗せた馬車はロドネアを発った。

学園へ出てくる時に通った道を逆に辿り、七日。

ぼくはちょうど二年ぶりに、ランプローグ領へと帰ってきた。

「よっ、と」

屋敷の前で馬車から降りると、見知った顔に出迎えられた。

「おかえり、セイカ」

「……ただいま、ルフト兄。なんだか雰囲気変わったね」

微笑みながらそう告げると、今年で十九になるルフトは照れくさそうに笑った。

「そうかい？　少しは次期領主らしい威厳が出てきたかな」

「多少はね」

「セイカは……あまり変わらないね。背は伸びたけど」

そりゃあ、これだけ生きていれば今さら内面なんて変わらない。

「兄さんの婚約者には会えないのかな」

ぼくが何気なく訊くと、ルフトは苦笑しながら答える。

「生憎《あいにく》、しばらくはこっちに来ないと思うよ。ほら、今は例の逗留客がいるから……」

「それは残念だ。将来の義姉《ねえ》さんに挨拶したかったのに」

「またの機会に頼むよ」

それからぼくは、ルフトの傍らに控えていた長身の中年男性に目を向ける。

「やあ、エディス。忙しいだろうに、わざわざ出迎えに来てくれたのか。うれしいよ」

「とんでもございません。おかえりなさいませ、セイカ様。見ぬ間にご立派になられました」

長身の男が慇懃《いんぎん》に礼をする。

エディスは、ランプローグ家に仕える解放奴隷だ。

栗色の髪に口髭を生やした表情の乏しい男だが、その実相当有能らしく、ランプローグ領の経営のほぼすべてを任されている。ブレーズが自身の研究に没頭できるのも、ほとんどエディスのおかげと言ってよかった。

それだけにかなり多忙なはずなんだけど……。

「仕事は大丈夫なの？」

「下の者に任せております。多少無理をしましたが、ぜひ直接お迎えに上がりたく」

と、堅苦しい口調で答える。

エディスは昔からこんな感じだが、誰に対しても同じ態度なので、屋敷の中では好ましい方の人間だった。

まあ今日来たのは、ぼくのためではないだろうけれど。

「それより、セイカ一人かい？」

「ん、あれ？　みんな降りてきていいよ」

ぼくは顔だけで振り返り、馬車に向かって呼びかける。

遠慮でもしていたのか、それを合図に彼女らがぞろぞろと馬車の中から出てくる。

「ル、ルフト様。お久しぶりです……」

「ああ、イーファか。久しぶりだね。綺麗になってて驚いたよ」

「あ、ありがとうございます……」

「イーファ。ほら」

「う、うん」

それから、イーファはエディスを見上げてはにかむように笑う。

「えっと……ただいま、お父さん」

「ああ」

エディスが、口数少なくうなずいた。

「変わりないか？」

「うん、元気」

「セイカ様に迷惑をかけていないか？」

「ええと……たぶん？」

と、イーファがこっちを見てくるので、ぼくが代わりに答える。

「イーファはよくやってくれているよ。学園での成績もいいんだ。主人として誇らしいよ」

「娘にはもったいないほどの言葉ですが……それならば、送り出した甲斐があります」

と言って、それきりエディスは口をつぐんだ。

仕事では有能だけど、不器用な父親なんだよな。少しブレーズに似ているところもある。

まあこの親子は置いておこう。

ぼくはルフトに向き直り、近くで固まっている赤髪の少女を手で示す。

「ルフト兄。こちら、アミュだよ。あの」

「ああ、彼女が」

ルフトはアミュに顔を向けると、穏やかな笑顔で手を差し出した。

「はじめまして。ランプローグ家次期当主のルフト・ランプローグです。このたびはロドネアからはるばる我が領地へようこそ」

「ど、どうも。お招きにあずかりました……」

アミュがぎこちなく握手に応じる。なんだかいつもとは全然違うな。

ルフトは、どこか人好きのする笑みで続ける。

「どうかな。ロドネアと比べると、やっぱりここは田舎かい？」

「ええと、少し……けっこうそう、かも？」

「ふふ、どうりでセイカが帰りたがらないわけだよ。帝都には何度か行ったことがあるけど、ロドネアはなくてね。食事の席ででも、学園や街の話を聞かせてくれないかな。セイカは自分の成績とか功績のことばかりで、普段の生活のことはあまり手紙に書いてくれないから」

「別に、書くこともないだけだよ」

それからぼくは、アミュのそばで同じように突っ立っていたメイベルを示す。

「えーこちら、クレイン男爵家令嬢のメイベルだよ。手紙、見てくれてた？」

「もちろん見ていたよ。はじめまして。お目にかかれて光栄です、メイベル嬢」

と、ルフトは、今度はメイベルに貴族の礼を行う。

「実は、貴女の伯父上には学会で一度挨拶させてもらっているんだ。もし会う機会があったら、その時はよろしく伝えていただけると助かります」

「……！」

メイベルは無言でこくりとうなずくと、焦ったようにキョロキョロと周りを見回して、それからあわてて同じような貴族の礼を返した。

メイベル……作法は大丈夫とか言っていたのに、全然慣れてないじゃないか……まあそんなことだろうとは思ってたけど。

と、その時アミュが、腕の辺りを指でちょんちょんと突いてきた。

小声でささやきかけてくる。

「ね。このイケメンが、上の兄？」

「そうだよ」

「あんまりあんたに似てないわね」

「それ、遠回しにぼくを馬鹿にしてないか？」

「なんか、お貴族様って感じ。別にこれは嫌みじゃなくて」

アミュが、他意のない様子でそう呟いた。

二年前はそうでもなかったんだけどな。若者はあっという間に変わっていく。

ぼくは一つ息を吐くと、ルフトに声をかける。

「とりあえず荷物を置きたいから、みんなを部屋に案内してくれるかな。兄さん」

「そうだね。ではこちらへ」

馬車に積まれていた荷物を侍女や使用人に任せ、ルフトが屋敷の敷地内を先導していく。

ぼくは隣に並んで話しかける。

「部屋は離れの方？」

「いや、屋敷の空いている部屋になる。離れにはもう客人がいるからね。ほら、例の……」

「ああ……」

と――――その時。

「────セイカァァァッ‼」

聞きたくなかった声が、耳に飛び込んできた。

「げっ……」

思わず足を止めてしまう。

顔をしかめながら声の方を見やると────案の定、そこには二番目の兄がいた。

「とうとう帰ってきやがったな！　ははッ、今日この日をどれだけ待ちわびたか！」

庭に仁王立ちしたグライが、不敵に笑いながらそう言った。

ぼくは引きつった笑みで答える。

「や、やあ兄さん……まさかそんなに歓迎されるとは思わなかったよ。ちょっと見ない間にずいぶん……なんというか、でかくなったね」

二年前もルフトと同じくらいの身長があったが、今では完全に超している。

おまけに軍で鍛えられたのか、体格もかなりがっしりとしていた。

今も稽古をしていたのだろう。手には模擬剣を提《さ》げ、少し汗をかいているようだった。

こっちも変わったなぁ……。

「げ、元気そうで何よりだよ……。そんなに軍での生活は楽しい？」

「ああ、楽しいとも」

あれだけ嫌がってたはずだったのに、意外にもグライは肯定する。

「自分でもまさかここまで性に合っているとは思わなかったぜ。机に座っているより、ゲロ吐くほど剣振って理論なんて考えずに魔法ぶっ放つ方がよほど楽しい。学園に行くよりもずっとよかった。セイカ、お前には感謝してやってもいいくらいだ。だがな……おれをコケにした恨みは忘れてねぇ！」

と、グライが手に提げていた模擬剣を差し向けてくる。

「勝負しろ、セイカッ‼」

「……へ？」

「ずっとこの日を待っていた！　今日こそ屈辱を晴らす時だ‼」

ぼくが呆気にとられていると、グライの傍らに立っていた初老の男が焦ったように諫《いさ》める。

「坊ちゃま！　いけませんぞ、国の危機に戦うべき貴族とはいえ、武の心得のない子供に対してそのような！」

「うるせぇ、坊ちゃまって呼ぶんじゃねぇ！　おれは今日この日のために地獄の訓練を耐えてきたんだ、邪魔すんな！」

グライが負けじと言い返す。

知らない人だけど、誰だろう。軍の関係者、もしかしたら部下かな。

グライの場合ただ里帰りしたのではなく、軍務の一環で、一部隊を率いてきているから。

グライが今や小隊の一つを任せられていることを、ぼくはルフトから手紙で聞いていた。

元々親戚の部隊に配属されたから待遇はよかっただろうが、ここまで早く出世したのはやはり才能があったんだろう。剣や魔法だけじゃなく、部隊を率いるには軍略を解し、荒くれ者の兵の心を惹きつけ、鼓舞する力が必要になる。

そういえば、屋敷にいた頃は街で柄の悪い連中とつるんでいたりしていた。そう考えると、やっぱり向いていたのかもな……。

と、その時アミュがまた、腕の辺りを指でちょんちょんと突いてきた。

「ね。あの人が、二番目の兄？」

「そうだよ」

「あんたとイーファをいじめてて、学園に来る前にボコボコにしてやったっていう？」

「そう。で、今は帝国軍の地方部隊で小隊長やってる」

「……軍人が、学生に剣で勝負挑むわけ？　何考えてんのよ」

「まあ冷静に考えると非常識なんだけど……そういうやつなんだよ」

「ふん」

荒い鼻息を吐いて、アミュが一歩前に進み出た。

それからグライを見据えて宣言する。

「ちょっとあんた！　セイカの代わりにあたしと勝負しなさいよ！」

「えっ、ア、アミュ？」

突然のことに動揺するぼく。

言われたグライも、はあ？　みたいな顔をしてアミュを見た。

それから、ぼくに視線を戻して言う。

「おいセイカ。なんだこいつは」

「ぼくの同級生なんだけど……」

「あんたね、剣士が素人相手に勝負を挑もうとか恥ずかしくないわけ？」

　アミュは構わずに続ける。

「あたしが相手になるわよ！　決闘に代理人立てるのは普通でしょ？」

　言われたグライが、めんどくさそうな顔でしっしっ、と犬を追い払うように手を振る。

「学生なんかがおれの相手になるか。お呼びじゃねぇからどいてろ」

「セイカも学生でしょ⁉　それにこっちはお貴族様になめられるような鍛え方してないのよ！」

「あのな、そういうのいいから……」

「あー……勝負してやってよ、グライ兄」

　ぼくは少し迷って言った。

　たぶんグライも、剣で負けた方が大人しくなるだろう。

「代理人ってことで。アミュは、少なくとも剣はぼくより確実に強いからね」

「剣なんてほとんど握らないお前と比べてどうする」

「アミュにもし勝ったら、その時はぼくが相手してやってもいいよ」

「はーん……それなら話が早《はえ》え」

　グライが、アミュを見据えて言う。

「受けてやるぜ、ガキんちょ。さっさと剣を構えな」

「構えな、じゃないのよ。模擬剣よこしなさいよ」

「めんどくせぇな。その腰のご立派なのを抜けよ」

グライが模擬剣の剣先で、アミュの提げるミスリルの杖剣を差す。

「お前もそっちの方がやりやすいだろ」

「こっちだけ真剣でやれって言うの？」

「寸止めで決着なら同じだ。だが、殺す気でかかってきてもいいぜ。軍の訓練では模擬剣を使ってもたまに死ぬやつがいるんだ」

「……そう」

アミュが、ゆるりと杖剣を引き抜く。

「でもそれ、冒険者でもよくいるわね」

「冒険者……？　まあいい。ローレン！　立会人をしろ、隊長命令だ！」

「坊ちゃま……仕方ありませんな。お嬢さんにお怪我などさせぬよう、くれぐれも気をつけるのですよ。それとお嬢さんの方は杖剣をお持ちですが、この立ち会いにおいて魔法は一切禁止とします。双方、よろしいですな」

初老の男が間に立ち、両者が対峙する。

ぼくは思わず渋い顔になる。アミュの側だけとは言え、真剣での立ち会いになってしまった。

だがまあ……大丈夫だろう。

アミュならば、きっと手心を加えても余裕で勝てる。グライ程度では勇者には敵うまい。

それにもし死にそうな怪我を負ったら、その時は仕方ないから治してやらないでもないしね。

「では────始めッ！」

ローレンと呼ばれた男が、意外にも張りのある声で開始の合図をする。

「っ！」

アミュが地を蹴り、一息に距離を詰めた。

そしてそのまま、上段からミスリルの愛剣を振り下ろす。

「……！」

重量感のある金属音が響く。

剣術の定石に従い、柄に近い部分でアミュの一撃を受けたグライは、わずかに目を見開いて左手を模擬剣の背へと滑らせた。そうしなければ受けきれなかったのだろう。

しかし、受けきった。

レッサーデーモンに膂力《りょりょく》で勝るアミュの馬鹿力だ。そのまま倒されて勝負が決まるかと思ったけど……。

メイベルも以前アミュの振り下ろしに耐えていたが、あれは重力魔法があってのことだ。グライの方から力の流れは感じない。魔力による身体強化と純粋な技術で、あの怪力に抵抗している。

鍔迫《つばぜ》り合いの状態から、アミュが押し込んでいく。

しかしグライは、上手く力をいなしながら攻めの緩急に耐え、隙を作らない。

むしろ表情は冷静で、いくらかの余裕まで見られるほどだ。

「ああもうッ！」

アミュが焦れたように、鍔迫り合いから強引に間合いを開き、激しい攻めに転じた。

しかし、やや無理筋だ。流れを掴みきれていない。剣には重さも速さも乗っているが、グライはそのすべてを落ち着いて受けきっている。

と、その時グライが、突然バランスを崩した。

小石でも踏んだのか。転倒まではいかないものの、大きな隙ができる。

当然アミュもそれを見逃さず、追撃の態勢に入った。

あそこからだと、グライは打ち合えてせいぜい二合。それで決着だ。

なんだか拍子抜けする終わり方だが、まあこれで……、

「燃え盛るは赤！　炎熱と硫黄《いおう》生みし精よ――――」

その時、グライが突然叫んだ。

呪文詠唱。

「っ⁉」

アミュが踏み込みの足を止め、剣を引いて、身構えるように一瞬体を硬直させた。

追撃の姿勢から急に攻め気を消したために、どうしようもない隙ができる。

それで終わりだった。

グライが嘘のように一瞬で体勢を戻し、その剣を振るう。

アミュの手から、ミスリルの杖剣が弾け飛んだ。

そして、尻餅をついた少女剣士へと――模擬剣の切っ先が突きつけられる。

「はい、おれの勝ち」

アミュを見下ろしたグライが、気だるそうに宣言する。

場が静まりかえる中、我に返ったアミュが叫ぶ。

「はあ⁉　ひ、卑怯よ！　魔法はなしって言ったじゃない！」

「おれがいつ魔法なんて使った？」

言われたアミュが目を見開く。

へぇ……。

「騙し討ち⁉　あ、あんた、それでも剣士なの⁉」

「戦場にはお行儀のいい勝負なんてないんでね。その雑な実戦剣、お前冒険者かなんかだろ。モンスター相手にも同じこと言ってんのか？」

そう言って模擬剣を下げるグライに、アミュが歯ぎしりしそうな顔をして言う。

「も、もう一回！」

「やだね」

「はあ⁉」

「次やったら負けそうだ」

「な、な、な！」

「お嬢さん」

ローレンと呼ばれた初老の男が、アミュに手を差し伸べながら言う。

「坊ちゃまが躓《つまず》いたのは、わざとですよ」

「えっ……？」

「このローレンも驚きました。お強いですな、お嬢さん。それだけに、坊ちゃまも勝ち方に困られたのでしょう。このような場でお客人相手に、まさか荒っぽい決着をするわけにもいきませぬからな」

「……」

「坊ちゃまは、あれでもペトルス将軍の麾下《きか》では随一の使い手なのです。魔法でも剣でも。この二年でそうなられました。もっとも、軍略に関してはもう少しお勉強が必要ですが」

「うるせぇぞ、ローレン！　余計なこと喋るんじゃねぇ！」

「おっと、これは我が軍の機密でしたな」

グライとローレンのやり取りを眺め、ぼくは思う。

やっぱり、グライも変わったみたいだ。見た目だけではなく、中身の方も。

「待たせたな、セイカ！　約束通り勝負してもらおうか」

腰に手を当てたグライがぼくに告げる。

息を切らした様子もない。余裕があったのも本当なんだろう。

ぼくは、溜息をついて答える。

「勘弁してよグライ兄。今のグライ兄に剣で勝てるわけないだろ」

「誰が剣で勝負しろなんて言った。なんでもありだ。お前はあの妙な符術でもなんでも使え。おれもこいつを抜かせてもらう」

と、グライが模擬剣を投げ捨て、腰の剣を抜いた。

杖剣のようだ。無骨な造形ながらもその丁寧な拵《こしら》えから、上等なものであることがわかる。

「坊ちゃま！　いけませんぞ！」

「うるせぇ！　お前にもこの勝負だけは邪魔させねぇぞ、ローレン！」

「坊ちゃま……」

「受けるよなぁ、セイカ！　聞いたぜ、帝都の武術大会で優勝したそうじゃねぇか。おれにはわかる、お前にとってはどうせ取るに足らないやつばかりだったんだろう。だがな、今のおれは違うぞ！　あの日の屈辱をバネにここまで強くなったんだ！　おれと決闘しろ、セイカ！　二年前の再戦だ！」

「まったくやかましいなぁ……はぁ。わかったよ、グライ兄」

やれやれと、ぼくは前に歩み出る。

負かしてやれば、とりあえずは大人しくなるだろう。

「一応、約束したからね。ルールはどうする？」

「武術大会と同じでいい。お前もその方が都合がいいだろう」

「別になんでもいいけどね。ただ護符《アミュレット》がないから、そうだな……魔法は一発当たったら負けで。ただし、制限はなし。中位以上の魔法だって使っていいよ。じゃないと、実力なんて出せないいんだったっけ？」

「はっ……言ってくれるじゃねぇか……！」

グライが不敵に笑い、杖剣を肩に担ぐ。

「ローレン！　勝敗の判定はお前がしろ！　隊長命令だ！」

「坊ちゃま……わかりました。あまりそうは見えませぬが、こちらのセイカ殿は、坊ちゃまがそこまでの覚悟を持って挑むほどの強者なのですね……。であるならば、これ以上部外者が言えることは何もありませぬ。このローレン、此度の決闘をしかと見届けると誓いましょう！」

「セ、セイカ、ほんとにやる気なの？」

「ん？」

思わず振り返ると、アミュが不安そうな目でぼくを見ていた。

「昔はどうだったのか知らないけど……あいつ、今はたぶん本気で強いわよ。もしかしたら、帝都の武術大会に出ていた誰よりも……」

「はは、珍しいな。アミュがこういうことで心配してくれるなんて」

「笑い事じゃないわよ！　万が一ってこともあるかもしれないし……」

「ないよ」

「え……？」

「万が一なんてない」

そう言って、ぼくはグライに向き直った。

グライがぼくを倒すには……試行回数が万では、とても足りない。

どれ、軽く思い知らせてやろう。今生の兄よ。

ローレンが声を張り上げる。

「此度の決闘は、いずれかの名誉や仇討ちのためではなく、純粋に強さを決するもの。互いに剣を止め、致命な魔法は用いぬよう努めること。勝敗はこのローレンの判定によって決します。双方、よろしいですな？　では――――」

「まあ、決闘」

澄んだ音色の笛のような、場違いな声が響いた。

皆一斉に、そちらに目をやる。

いつの間にか、屋敷の庭に一人の少女が立っていた。

「わたくしの聖騎士が決闘だなんて、なんということでしょう。これを見届けることが、きっとわたくしの定めなのでしょうね」

少女が陶然《とうぜん》と呟く。

神々を象《かたど》った彫像のような、人間離れした美貌を持つ少女だった。

鋼《はがね》のような鈍色《にびいろ》の瞳も、うっすら水色がかった髪も、前世では見たことがない。まるで化生《けしょう》の類だが、身に纏っている普段着用のドレスは上等なもので、その言葉遣いも含めて高貴な身分の人間であることがわかる。

ローレンやルフト、エディスや使用人たちが、うやうやしく姿勢を正す。

　ぼくと向かい合っていたグライは……ものすごく苦い顔をしていた。

「な……なんだよ、殿下。あまり一人で行動するなって言っただろ」

「うふふ、仕方ないでしょう？　皆、どこかへ行ってしまったのですから……あるいは、どこかへ行ったのはわたくしの方かもしれませんが。うふふふ」

「おれの部下を困らせるんじゃねぇ」

「そのようなこと、どうでもいいではありませんか。さあ、早く決闘を始めなさい、グライ」

　何を考えているのかよくわからない目のまま、少女は口元に笑みを浮かべる。

「たとえなに一つ得ることのできない戦いであっても、あなたにとっては意味があることなのでしょう？　わたくしには、ちょっと理解できませんけれど」

　言われたグライの表情が歪む。

「おれが負けるって言うのか」

「まあ、あなたの勝負の行く末を口にするだなんて……うふふ、そのような残酷なこと、わたくしにはとてもできませんわ。ですが、敗北にも意味はあるのではなくて？　あくまで一般論ですけれど。たとえ相手の実力すら引き出せないほどの大敗であっても、気持ちの整理はつくのではなくて？　あくまで一般論ですけれど。うふふふ」

「……そうかよ」

　グライが肩を落とし、杖剣を鞘に収めた。

「やめだ、セイカ」

ぼくは思わず目をしばたたかせる。

なんだ……？　立場が立場だろうけど、あのグライが、あれほど素直に言うことを聞いた理由がわからない。

「それとな。怒ってるならもっと普通に言えよ」

「まあ。では、怒っています」

「……」

「……」

「……なんでだよ」

「わたくしの聖騎士が、勝手に決闘するなど許しませんわ」

「まだなってねぇだろうが」

「先の定めならば同じこと。それはそれとして、早くお客人にわたくしを紹介なさい。いいかげん待ちくたびれてしまいましたわ。この場での定めを、早く済ませてしまいたいのです」

「おれも挨拶がまだなんだが……はぁ、わかったよ」

グライが少女へと歩み寄り、ぼくらに向かい、その姿を手で示す。

「あー、こちらにあらせられるは、フィオナ・ウルド・エールグライフ――」

実際のところ、ぼくはその少女の正体に見当がついていた。

この場にいる高貴な身分の少女など、ルフトからの手紙にあった彼女以外にありえない。

「――皇女殿下だ」

◆　◆　◆

皇女。

皇子ばかりが続いた現在の帝国皇室で、そう呼ばれる人間は一人しかいない。

「えっ……あ、あの聖皇女⁉」

アミュが素っ頓狂な声を上げる。

聖皇女フィオナ。

現ウルドワイト皇帝唯一の娘であり、中央神殿に仕える巫女が生んだ子。

その珍しさから多くの吟遊詩人に歌われ、美しさからいくつもの肖像画や彫像が作られた、民衆にも広くその名が知れ渡る皇女。

そんな存在が……田舎貴族の屋敷の庭に、ぽつんと佇《たたず》んでいた。

グライが、声を上げたアミュを見やって言う。

「おいこらそこ！　不敬だぞ」

「それはあなたですわ、グライ。最近、いくらなんでもわたくしの扱いが雑なのではなくて？」

二人のやり取りを見ていると、アミュに肩を揺すられた。

「ね、ねえ！　なんで聖皇女があんたの家にいるのよ！」

「それは……ちょうど今、逗留中だったっていうか……」

「あんたそんなこと一言も言ってなかったじゃない！」

だって、言って断られたら嫌だったし。

「あなたにお会いしたかったのですわ、アミュさん」

「うわっ！」

いつの間にか近くにいたフィオナ殿下に、アミュがぎょっとしたような反応をする。

皇女はどこか掴み所のない微笑で、宙に浮かぶような言葉を紡ぐ。

「驚かせてしまってごめんなさい。今は地方を回る視察の最中だったのですけれど、ランプローグ伯に無理を言って滞在させてもらっていますの。あなたにどうしてもお会いしたくて……学園の休みを利用して、ご子息にあなたを連れてきてもらうようわたくしが頼んだのですわ」

「へ、へぇ……そうだったのね……」

アミュがぼくを横目で睨んできた。ごめん。

「その分では、伝わっていなかったようですわね。でもご学友を責めないであげてください。無理を言ったのはわたくしなのです」

「え、ええ、いいけど……でも、なんであたしなんかに」

「うふふ、お噂は聞いておりましたわ。二年前、魔法学園に首席合格されたのでしょう？　これまでにないほどの成績を取ったうえで」

「あァ？　殿下が言ってたやつってお前のことだったのかよ。どうりで剣が重いと思ったぜ」

「グライ。少し静かにしていなさい」

押し黙るグライを見やりもせず、フィオナはアミュに語りかける。

「全属性の魔法適性のみならず、たぐいまれな剣の腕までお持ちだとか。うふふ……まるで、おとぎ話の勇者のよう」

「あ、ありがと……それ、昔はよく言われたわ」

「うふふ」

フィオナが、その鈍色の目でじっとアミュを見つめる。

「赤い髪に若草色の瞳……わたくしが視た通りの姿ですわ。きっと、お母様が最期に視たのも……」

「……？」

「……セイカ・ランプローグ様」

そこで、不意にフィオナがぼくを振り向いた。

微笑のまま続ける。

「わたくしの急なわがままを聞いてくださって、感謝いたしますわ」

一瞬面食らったが、ぼくは貴族用の言葉遣いを思い出しながら笑みを返す。

「とんでもございません。皇女殿下がお望みならば、この程度のことはいくらでもお申し付けください」

「……」

「……」

「……」

「……あの、何か？」

　フィオナはしばらく無言のままぼくを見つめていたが……やがて首を横に振り、いいえと言った。

「なんでもありませんわ。セイカ様も、大変な実力をお持ちと聞きました。なんでも帝都の武術大会で優勝されたとか。わたくしは血が怖くて観ることができなかったのですけれど、今はそれを惜しく思いますわ」

「恐れ入ります。強者ばかりが集った大会でしたが、時の運に恵まれました」

「……」

「……」

「……」

「……あの、やっぱり何か？」

「いいえ……なんでもありませんわ。うふふ。できうるならばお二人共、わたくしの聖騎士として欲しいくらいなのですが……そういうわけにもまいりませんね」

　陶然と呟いていたフィオナだったが、やがて正気に戻ったように言う。

「わたくしはもう少し滞在する予定です。よろしければ、新学期に合わせ一緒に発ちませんか？ロドネアとは方向が同じですから。王都へ先に寄ってもらうことにはなりますが、護衛の小隊が同行しますし、道中はよい宿を用意できますよ」

「え、ええ。それは願ってもないことです。ぜひに……」

「ではそのようにいたしますわね」

フィオナはそこで初めて、いくらか人間らしい笑みを浮かべた。

「ここにいる間、どうかわたくしと仲良くしてください」

それではまた夕餉《ゆうげ》の折に、と言って、フィオナは歩き去って行った。

屋敷とは反対方向だけど、どこ行くんだろう？　庭の散策でもするのかな。

グライに命じられてローレンがついて行ったし、敷地内ならまあ危険はないだろうけど……。

なんとも変な女だ。

「聖皇女って、あんな人だったのね……。あたしちょっと、イメージと違ったわ」

アミュが呟く。ぼくも同感だった。

「セ、セセセセイカくん!?　今の、本物の皇女殿下!?」

「なんでだまってたの」

「あ、いやそれはその……ルフト兄！　ほ、ほら、早く部屋に」

「ふふ、そうだね。皆さんのことは、晩餐の席で改めて殿下に紹介します。長旅で疲れたでしょうから、それまではひとまず部屋でくつろいでください」

駆け寄ってきたイーファとメイベルの追及から逃げるように、ぼくは先導するルフトの横に並ぶ。

「はぁ、まったく……」

「殿下がいることを黙って連れてきたのかい？　ダメじゃないか」

「それで断られたら兄さんだって困っただろう。連れてきただけ感謝してほしいね。それより……なんでさっきは止めてくれなかったのさ」

「ん？」

「グライ兄のことだよ」

「ああ……グライは、ずっとセイカに対抗意識を燃やしていたからね。邪魔するのも気が引けたんだ」

ルフトが苦笑しながら言う。

「それに、滅多なことにもならないと思っていたしね」

「どうして？」

「二人とも、もう僕なんかよりもずっと強い。実力者同士の稽古ほど、怪我が少ないと言うだろう？」

「稽古じゃないんだけど……」

まあ……言っていることもわかる。

「けっ、おいセイカ！」

いつの間にか、すぐ近くをグライが歩いていた。

その上背からぼくを見下ろしてくる。

「覚えてろよ、いつかボコボコに叩きのめしてやるからな」

「ふうん？　いつかとは言わず、今試してみる？」

「……おれは勝てねぇ勝負はしねぇ」

グライが目を逸らして呟く。

ぼくは眉をひそめた。

ついさっきまであれほど威勢がよかったのに、いったいどうしたんだろう。皇女と言葉を交わしてから突然こうなってしまった。

ぼくの疑念を知ってか知らずか、グライが呆れ口調で訊ねてくる。

「それにしても、女ばかり連れ帰ってきやがって……お前、学園に何しに行ってるんだ？」

「女ばかりって……イーファは元々一緒だし、アミュを連れてこいって言ったのは皇女殿下じゃないか」

「もう一人の灰色の髪の女はなんだよ」

「ああ、メイベルね」

染めておく必要のなくなったメイベルの髪は、今ではすっかり色が抜け、元の灰色に戻っていた。

兄であるカイルの髪と、本当にまったく同じ色だ。

ぼくは言う。

「クレイン男爵家の令嬢だよ。父上やルフト兄が困ることになるから、失礼のないようにね」

「なんでそんなの連れてきてんだ」

「頭数が増えた方がいいと思ったんだよ……ぼくが、殿下の相手をせずに済むかと思ってね」

「！　ふん、落ちこぼれが……」

そこでグライは、声量を二回りほど下げて言った。

「……なかなか気の利いたことを考えるじゃねぇか。よくやった」

「………」

どうやらグライも、フィオナの相手は苦手らしかった。

# 其の二 chapter I

聖皇女というのは、正式な称号ではない。

その生まれから、市井《しせい》の人々がフィオナをそう呼び交わしているだけだ。

ウルドワイト帝国では、古くから伝わる多神教が国教となっている。

日本の神道や、古代ギリシア神話の信仰に近いものだ。

普段の生活で意識することはないが、帝都には総本山にあたる巨大な中央神殿が置かれていて、年に一度大規模な祭典が催される。

神殿に仕えるのは巫女だ。

俗世から隔たれて生活し、限られた場所でしか人前に姿を現さない彼女らは、人々から畏敬の念を抱かれている。

前世の宗教でもしばしば見られたように、神官、特に女神官には純潔が求められる。

姦淫はいずれの側も死罪。

有罪となった記録は数えるほどしかないが、判決に例外はなかった。

十五年ほど前、一人の巫女が子を孕んだ。

本来ならば死罪となるはずだったが、これまた前世でもしばしば見られたように、妊婦は罪が免除される慣習がこの国にはあった。

神殿からの追放。彼女への処分はそれで済んだ。

しかし、相手の男は別だ。死罪は免れない。

審問官が連日の執拗な尋問の末に聞き出した名前は、驚くべきものだった。

現ウルドワイト皇帝——ジルゼリウス・ウルド・エールグライフ。

ウルドワイトの皇帝は、神官の長である最高神祇官《じんぎかん》の職も兼ねている。

よく言えば守られている、悪く言えば自由のない巫女に手を出すことも、まあ不可能ではなかった。

問題は……誰も皇帝を裁けないことだ。

帝都に常駐する近衛隊を含めた全軍の指揮権を持ち、自前の諜報部隊を飼う皇帝を、拘束できる者などいない。

議会は当然紛糾した。

しかし裁判への出頭拒否を糾弾していた議員が不審死を遂げ、さらには担ぎ上げられそうな次期皇帝候補がちょうどいなかったこともあって、皇帝の罪はうやむやになり、やがて消えてしまった。

そうした騒ぎが一段落ついた時期に、フィオナは生まれた。

残念ながら母親は産後の肥立ちが悪く亡くなってしまったが、代わりに本来ありえないはずの、神殿の巫女の血を引く皇女が誕生した。

聖皇女フィオナ。

生まれの経緯もあってずっと軟禁生活を送っていたようだが、ここ数年で民衆に名が知れ渡るようになって、皇室でも存在感を見せてきているという話だ。

禁断の恋の末に生まれた巫女姫。

市井の人々が抱くイメージはこのようなものだが……。

「生まれ変わったら、空を飛びたいですわね」

と、突然こんなことを言っては、晩餐の席を凍らせるのだった。

「……」

見事に、誰も何も言わない。

燭台《しょくだい》や花瓶で彩られた食卓には、父上に母上、ルフトにグライにぼく、あとはアミュらが着いていたが、反応に困る気まずい空気が流れていた。

仕方なく、ぼくが口を開く。

「それならば、南方の森に棲む鳥がおすすめですね。餌が豊富で外敵が少なく、見た目も色鮮やかで綺麗ですよ」

「それでしたら、以前商人が扱っているものを一度見たことがありますわ。でもせっかくですし、次の生はもっと強い存在になりたいものです。ドラゴンのような」

「ドラゴンの生も、なかなか大変そうでしたよ。アスティリアで見た限りでは」

「まあ。あの有名な？　そのお話、もっと聞きたいですわ」

「ぼくが夏に……」

話しながらちらと食卓を見回すと……グライが、おいおいこいつマジかよ、みたいな顔でぼくを見ていた。

まあ、わかる。

フィオナはこう……控えめな言い方をすると、かなり不思議な感じだからな。

面倒がっていたぼくが、積極的に相手を買って出ているのが意外なんだろう。

グライはどうも気に入られているようだし、普段から話し相手にさせられてうんざりしていそうだ。皇女殿下相手にあんなぞんざいな態度なのも、そのせいかもしれない。

この人、不思議な割りにけっこう喋るからなぁ……。

「まあ、イーファさんも一緒でしたのね。気になっていたのですけれど、お二人はどのような関係ですの？」

「ぶっ！　ゲホッゲホッ！」

突然話を振られたイーファが咳き込む。

そう。

実は晩餐の席には、イーファも一緒に着いていた。

自分は奴隷だからいいと固辞するイーファに、今はセイカの同級生で客人だからと、ルフトが強引に参加させたのだ。

もっともこの空気を見るに、それがこの子にとってよかったのかは微妙だ。

もしかしたら、ルフトが犠牲者を増やしたかっただけな可能性すらある。

「え、ええええと、わたしはセイカくん、様の従者で、奴隷なのでその……それだけ、です」

緊張でしどろもどろになるイーファに、フィオナはおかしそうに笑う。

「うふふ。セイカくん、と呼んでいるの？　自らの主人を？」

「いえっ、あ、あの、昔からそうで……」

「なんだかかわいらしいですわ。うふふふ……大事にしてあげなさいな、セイカくん？」

「からかわないでください」

そこで、フィオナがふと話題を変える。

「それはそうと、学園は奴隷も等しく受け入れているのですわね。実力主義とは聞いていましたが、本当でしたのね。アミュさんとメイベルさんも、平民の生まれにもかかわらずよい成績を修められているようですし」

言われたメイベルとアミュが、やや不思議そうな顔をした。

「そう、だけど……」

「あたしはともかく、メイベルが平民の生まれだなんて言った？」

「あら……？　クレイン男爵家へ、養子に入られて……わたくしの思い違いだったかしら。ごめんなさい。気分を害されたのなら謝りますわ」

「……別にいい。養子なのはほんとう」

「あと、こいつは別に成績よくないわよ」

「……！　アミュに言われたくない。実技たくさん取って誤魔化してるだけのくせに」

「誤魔化してるってなによ」

「魔法学園の実技とは、どのようなことをなさるのですか？」

女子らの間で話が弾み出すのを見て、ぼくは自分の食事に戻る。やれやれ。

「セイカ」

と、今度はブレーズから声をかけられて、ぼくは頭を上げた。

今生の父は、特に笑いもせず言う。

「変わりないか」

ブレーズとは、タイミングもあってまだあまり言葉を交わせていなかった。

ぼくは笑顔を作りながら答える。

「ええ。壮健にやっていますよ、父上」

「アスティリアの件はご苦労だった。報告書もよくできていた。モンスターを専門とする学者の間では、一時話題になっていたようだ」

「ありがとうございます。学園で学んだ甲斐がありました」

「学園は……今も良い場所か？」

「……？　ええ、良い場所ですよ」

「そうか。ならばいい」

ブレーズは、そう言ったきり黙った。

相変わらず言葉の少ない男だ。

「もう少しまめに手紙を書きなさい。ここにいては、ロドネアの様子がなかなか伝わってこないのだから」

ぼくは、驚いて匙《さじ》を取り落としそうになった。

今はもう自分の皿に目を落としているが……確かにさっきかけられた声は、そこにいる母上のものだ。

転生してからずっと、ほぼ完璧に無視され続けてきたのに。

「は……はい。母上」

◆　◆　◆

晩餐が終わり、その日の夜。

久しぶりに屋敷の自室に戻ったぼくは、一息ついた。

室内には埃もない。帰ってくる前に、使用人たちが掃除してくれていたようだ。

「ふい～……それにしても、この国の姫御子《ひめみこ》は妙ちきりんな女でございますねぇ」

ユキがぼくの髪から顔を出し、なんだか疲れたように言う。

フィオナはあの後もちょくちょく不思議さを発揮しては、食卓をなんとも言えない空気にしていた。

ユキが少々不機嫌そうにぼやく。

「ユキは、あのような女は嫌いです」

「お前はそうだろうなぁ」

「セイカさまは、あんな大麻《おおあさ》の煙を吸ってぼんやりしたような戯《ざ》れ言《ごと》を、よくあそこまで拾えるものですね」

「誰も拾わない方が気まずいだろ」

「それはそうでございますが……なんだか慣れている感じがあったと言いますか……」

「ん……そうだな」

言うかどうか一瞬迷い、結局言う。

「昔の妻が、ああいう感じだったから」

「えっ……えええええ⁉　奥さま、あんな風だったのでございますか⁉」

「見た目じゃないぞ。性格がな」

「そ、それはわかっておりますが……なんといいますか……セイカさまも苦労されたのでございますね……」

同情するような口調のユキに、ぼくは苦笑する。

「それがな、意外と間が合ったんだよ」

あの頃は、あれのおかげでいくらか救われたところもあった。

「それに、ぼくも若い頃は人のことを言えたような性格してなかったからな……むしろ、謝りたいくらいさ」

「……なるほど。セイカさま……その辺りのこと、もう少し詳しく……！」

「さて。明日に備えてそろそろ寝るかな」

「もーッ‼」

その時。

部屋のドアが突然、がちゃりと開いた。

「セイカ？」

ぼくは思わず跳び上がりかける。

ドアが完全に開いたのは、同じく驚いたユキがぼくの髪にあわてて潜り込んだ直後だった。

ぼくはドアを開けた少女に言う。

「ア、アミュ……せめてノックくらいしてくれ……」

「驚きすぎでしょ。なにしてたのよ」

少々呆れたように言って、アミュが部屋に入ってきた。

そしてそのまま、ぼくのベッドに倒れ込む。

「はーあ」

と言って、枕に顔を埋めた。着ている私室用の貫頭衣の裾が、ばさっとめくれ上がって落ちる。

いつもは制服姿しか見ていないから、なんだか新鮮だ。

しかしながら、ぼくは苦言を呈する。

「君なぁ……夜更けに男の部屋に一人で来たりして……」

「なによ。もっと慎みを持てー、とか言うわけ？」

アミュが、枕の隙間から横目で睨んでくる。

「いいじゃない、別に。今さらでしょ？　あんたには一度、裸も見られてるし」

「んなっ、あ、あれはやむをえず……というか、あの時のことをこれまであえて触れないようにしてきたぼくの気遣いを無にするなよ」

「あははっ。なんてね」

アミュが快活に笑い、横向きに寝返りを打ってこちらに顔を向けた。

「それで、急になんなんだよ」

「別に？　なんだか気疲れしたなー、と思って、遊びに来ただけ」

「……悪かったな。皇女のこと、黙って連れてきて」

「気にしなくていいわよ。いるって聞いてても、たぶん来てたと思うから」

それから、アミュがしみじみと言う。

「お貴族様も、いろいろと大変そうね」

「やっとわかってくれたか」

「あんたはそういうのとは無縁だったでしょ」

「まあそうだけどさ……」

「来てよかったわ。学園に貴族の子は多いけど、話を聞くだけじゃ、やっぱりピンと来ないことも多かったし」

「知らないまま卒業しなくてよかったな」

「なによその、偉そうなの」

アミュが投げてきた枕を、ぼくはあわてて掴んだ。

こら、灯りに当たったら危ないでしょ。

「……ねえ」

そこで、アミュが少し声の調子を落とした。

「初等部を卒業したら、どうするか決めてる？」

「え……」

「官吏《かんり》はたしか嫌なのよね。あんたは勉強が好きみたいだし、やっぱり高等部に進学するの？　それともここの領地に戻って、経営を手伝ったりする？　アスティリアでの功績があるから、名の通った博物学者に弟子入りして、違うところで学生続けることもできそうだけど」

「……アミュは、どうするんだ？」

「あたし？　あたしは……やっぱり家に帰って、冒険者を続けるわ」

アミュは笑って言う。

「同級生の友達は、官吏になるとか、学者になるとか、お貴族様と結婚していい暮らしをしたいとか言ってるけど……あたしは、自分が将来そんな風になっているところなんて、全然想像つかないのよね」

「……」

「パパとママにはもったいないって言われそうだけど、でもいいの。そういうのが自分に向いてなさそうってわかっただけでも、学園に来た価値はあったと思うわ！　魔法も上手くなったしね。今は自信を持って、あたしは冒険者になるんだ、って言えるから」

「……そうか」

と、ぼくは小さく呟いた。

この子も成長している。二年前、入学試験で会った時の殺伐とした様子からは、こんなに迷いなく自分の将来を語る姿など想像できなかった。

なんとなく、前世で弟子と過ごした日々のことを思い出す。

「それで……あんたはどうするのよ」

おそるおそる訊くアミュに、ぼくはふっと笑って言う。

「君がいきなり服を脱ぎだした、あの地下ダンジョンで……」

「なによ、それもういいでしょ」

「約束しただろ。また一緒に冒険に行こうって」

「……！」

「ぼくも冒険者になるつもりだよ」

「べっ、別に……」

ベッドの上のアミュが、目を逸らしながら言う。

「あんな約束、あたしも本気にしてないわよ……あんたにはあんたの人生があるんだし……」

「ぼくは本気だったけどな」

「……」

「それに……学者や領地経営をしている自分が想像できないのは、ぼくも一緒だ。ぼくにはやっぱり、荒事の方が性に合っている。これは本当だよ」

「あんた全然、そんな風には見えないわよ」

「どうしてだろうね。自分でも不思議なんだ」

「ふ、ふーん……」

「でも、君がお貴族様のことをよくわかっていなかったのと同じように、ぼくも冒険者のことはよく知らないんだ。だから……卒業したら、いろいろと教えてくれないか？」

「しょ……しょうがないわね！」

にまにまとした笑みを浮かべたアミュが、突然ベッドの上で立ち上がった。

「じゃ、もう一回約束」

腰に手を当てて、堂々とした調子で言う。

「また一緒に、冒険に行きましょう」

ぼくも笑って答える。

「ああ、約束だ」

「ふふっ」

上機嫌にベッドから飛び降りたアミュが、脱いでいた靴をはき直してドアノブに手をかける。

「じゃあね、セイカ。おやすみ」

「寝るのか？」

「ううん。メイベルかイーファのところに行くわ」

「あ、そう」

元気だな。

部屋を出たアミュの気配が廊下を遠ざかっていった頃、頭の上からユキが顔を出す。

「セイカさま。セイカさまは……まだ、覚えていらっしゃいますか」

ユキが静かに言う。

「セイカさまがあの娘のそばにいるのは……あの娘が、勇者だからだということを。セイカさまのお力を隠す、傘とするためだということを」

「ああ」

ぼくは、先ほどと変わらぬ調子で、ユキに答える。

「忘れるわけがないだろう」

# 幕間　ブレーズ・ランプローグ伯爵、書斎にて

chapter1

日が落ちた、ランプローグ家邸宅の書斎。

ブレーズ・ランプローグは、灯りの下で積み上がった書類の束に目を通していた。

領地経営に関しては、そのほとんどを信用できる者に任せている。

しかしながら、時にはこうして領主自らが承認しなければならない事柄もあった。

あまり好きではない作業に疲れた目を押さえながら、ブレーズは傍らに控える男に声をかける。

「エディス」

「なんだ、ブレーズ」

ブレーズの仕事を待つ解放奴隷が、ぶっきらぼうに短く返した。

表では決して見せないぞんざいな態度。だが、二人にとってはこれが本来の関係だった。

ブレーズは目も合わさずに問う。

「まさか、まだ怒っているのではないだろうな」

「……」

無言のままのエディスに、ブレーズは呆れたような息を吐く。

「イーファは元気そうだっただろう」

「……」

「向こうでもよくやっているようだ。学園へやったのは正解だった。違うか？」

「……」

「このような辺鄙《へんぴ》な地で、ずっと過ごさせるのも不憫だろう。あれとお前の娘だぞ」

「そんな言い方をするな。俺はこの地が気に入っている」

「お前とイーファは違う。あの子も、外の世界を見てみたいと思うはずだ」

「……俺の不満は、そんなことじゃない。お前がイーファをあっさり手放すような真似をしたことに、我慢ならないだけだ」

エディスは、イーファを奴隷身分から解放しろとは決して言わない。

解放奴隷の子を奴隷として手元に置いておく例は、珍しくない。多くの場合、それは解放後も部下として従順に働かせるための、いわば人質に近い。

しかしこの二人の間においては、別の意味があった。

「……ましてや、あの忌み子の従者に付けるなど」

「エディス」

ブレーズは諭すように言う。

「イーファはあれの忘れ形見でも、お前の忠義を示すための手形でもない。お前や私の感傷など、老いと共に消えゆくだけのもの。もういい加減、あの子に自分の道を歩ませてやれ」

「……ふん」

「それと、セイカを忌み子と呼ぶのはよせ。あれはもう普通の子だ」

ブレーズは続ける。

「学園でも優秀な生徒として通っている。何も問題を起こしていない。結局、魔族などではなかったのだ。あのベルタですら、近頃は私と同じ考えだ」

晩餐の席でセイカに見せた妻ベルタの態度には、ブレーズ自身も驚いた。

妻は昔から、セイカを怖がっていた。

あの謎の魔力が、ルフトやグライに危害を加えるのではないかと、いつも恐れている様子だった。

しかし、今や息子二人は立派に成長し、セイカも遠い地で様々な人間とよい関係を築いている。だから、許すような心持ちになっているのかもしれない。

「ふん……俺は未だに、あれは不気味だ」

エディスが吐き捨てるように言う。

「幼子の頃から妙に大人びていたが、今も中身が変わっていない」

「私はそうは思わん。イーファや学園の友人に向ける顔は、私やベルタや、使用人に向けるものとは違う」

「貴様がどう思うかは勝手だがな、イーファを付けてやる理由がどこにあった」

「……エディス」

ブレーズが溜息をつきそうな声音で言う。

「いい加減、認めたらどうだ。見ていればわかるだろう。あの子が、ずいぶんとセイカのことを気に入っているようだと」

「……」

「セイカと学園へ行くことが決まった時、お前にも喜んで報告していたと思ったが」

「……チッ！」

「私も父親だ。気持ちはわかる」

「娘のいない貴様にはわからん」

「ふっ……まあそうかもしれんな」

　ブレーズは微笑を浮かべると、エディスに語りかける。

「セイカはよい人間だ。私の言うことが信用ならないか？　エディス」

「…………いや、信じよう」

　エディスは嘆息しながら答える。

「貴様は、妙な男だからな。他人になど興味がないようで、見る目だけはある」

「研究者に観察眼は必須だ。それと、意外だろうが社交性もな」

「貴様を見ている限り、そうは思えん。社交性と言うならば、もっと聖皇女殿下の話し相手を買って出たらどうだ」

　言われたブレーズは、わずかに苦い表情を浮かべる。

　ブレーズも、正直なところフィオナは苦手だった。

　若い娘の考えることなどそもそもよくわからないが、あの白昼夢でも見ているかのような聖皇女に対しては、とりわけどう接していいかわからなかった。

幸い、普段は自身の侍女や、聖騎士になることが決定しているグライと共にいることが多いので、自分の出る幕はなくて助かってはいるが。

だが一方で――――彼女がこの地に滞在することには、なんらかの意味があるとブレーズは感じていた。

聖皇女は、その見た目と言動通りの少女ではない。

そうでなければ、何の後ろ盾もなく、皇位など最も遠かったあの状態から、ここまで存在感を示すようにはならないはずだ。

学園でも一際優秀な生徒であるアミュという娘に会いたかったというのは、おそらく本当だろう。

しかし、それだけではない。

隠れた目的が、物か、情報か、機会か、あるいは別の人間か……それはわからない。だが、いずれかではあるはずだ。

そしてそれを、自分が知ることはきっとない。

ただ、自分の与《あずか》り知らぬところで皇女は目的を果たし、去って行く。

ブレーズにはそんな予感がした。

余計なことを詮索する必要はない。

あと数日を、何事もなくやり過ごせばいいだけだ。

ブレーズは沈黙の後に、口を開く。

「お前も、明日の晩餐に同席するか？　娘と一緒に食事をとるのも……」

「明日は遠方から来る商会幹部との食事会があると伝えていたはずだ。俺を巻き込もうとするな。領主としての仕事をしないならば、せめて伯爵家当主としての務めを果たせ」

思わぬ正論に、ブレーズは深く嘆息した。

## 其の三 chapter1

帰郷して二日後の、よく晴れた日。

ぼくはとある事情により、ランプローグ領内にある街を訪れていた。

「セイカ様。向こうにあるのは何でしょう」

「この地の聖堂ですよ」

「まあ、ずいぶん小さいのですわね。ではあそこにあるのは？」

「貸し馬車屋です」

そう、なんとフィオナも一緒だった。

ちなみに、ぼくらの後ろにはアミュとグライもいる。

実は昨日突然、フィオナが領内の街を見に行きたいと言い出した。

それはよかったのだが、兵がいたら楽しめないからと、こともあろうに護衛を全員置いていくと主張したのだ。

自分の連れてきた侍女に鬼気迫る様子で止められていたが、フィオナも頑固なもので、結局押し切ってしまった。

案内役兼用心棒に、ぼくとグライと、アミュを名指ししたうえで。

「……」

「……」

グライとアミュの間には、気まずい空気が流れている。

自分から喧嘩を売って負けたアミュも、なんかよくわからないやつに絡まれたという認識しかないグライも、当たり前だが話すことなどないようで、ずっと沈黙が続いていた。

フィオナは楽しげな様子でずっとぼくに話しかけてくるので、後ろとの温度差がきつい。

「はぁ……」

バレないように、小さく溜息をつく。

久しぶりに来たこの街は、少し様子が変わったようだった。

学園に行く前にも数えるほどしか訪れたことはなかったが、その頃に比べると建物が増え、やや賑やかになっている気がする。

「グライ兄。ここってこんな風だったっけ？」

「あ……？　いや。二年も経ったんだ、変わりもするだろ」

周囲に目をやったグライがそっけなく答える。

もしかしたら、エディスの経営がうまくいっているということなのかもしれない。

街の中心の方へ歩いて行くと、人通りもそれにつれて増え始めた。

「お。運が良いな、市が立ってるぜ」

とある広い通りに出た時、グライが言った。

通りの両脇には様々な出店が並び、人で賑わっている。

布や雑貨、干物や塩漬けなどの保存食、家畜にモンスターの素材などの雑多な商品が並んでいるが、ところどころから美味しそうな匂いも漂ってきていた。

当然いつもこうではないから、グライの言う通り運がよかったみたいだ。

「まあ」

フィオナが、驚いてるんだか驚いてないんだかよくわからない声音で言う。

「すごい人混みですわ。はぐれてしまいそう」

「いや、そこまでではないと思いますが」

「手を繋ぎましょう」

ぼくの言ったことを綺麗に無視し、フィオナが手を握ってきた。

そのまま市の真ん中を、機嫌よさそうに歩いて行く。

「うふふ。こうしていると、逢い引きみたいですわね」

「ちょっ……殿下は立場がある人なのですから、あまり滅多なことを言わないでください」

「構いませんわ。今は……咎《とが》める者などいませんもの」

そうささやいて、皇女はにっこりと笑う。

うーん……なんでこんなにテンション高いんだろう、この人。

言動が普通じゃないからわかりにくいが、なんだか不自然にはしゃいでいる気がする。

当の皇女殿下は、周囲の店をキョロキョロと見回している。

こんな田舎町の市を見ておもしろいのかも、よくわからない。

心なしか、その視線もどこか事務的なような。

「……楽しいですか？　殿下」

「もちろんですわ。こうして庶民の暮らしを目にする機会など、あまりありませんもの。わたくしには立場がある代わりに、自由がないのです……」

「あれ、でも、帝都ではよく市井に降りてこられ、街の住民と言葉を交わされることもあったと聞きおよんでいたのですが」

「……」

「それに、地方の視察を始められたのは殿下ですよね。ここより大きな市を目にする機会など、いくらでもあったのではないですか？」

「……」

「……あの、殿下？」

「うふふふ……あっ」

中身の無さそうな笑みを浮かべていたフィオナは、不意に一つの屋台に目を向け、まるで誤魔化すように言った。

「あれが食べたいですわ、グライ。買ってきなさい」

どうやらいい匂いを漂わせていた、串焼きの屋台のようだ。

命じられたグライが、不承不承といった様子で買いに行く。

ほどなくして四本の串を手に戻ってくると、そのうちの一本をフィオナへと渡した。

それから、ぼくにも差し出してくる。

「……え？」

「え、じゃねぇよ。さっさと受け取れ」

と、ぶっきらぼうに言う。

ぼくは串を受け取りながら、少し感動して言った。

「グライ兄……まさか、こんな気遣いができるようになったなんて……成長したんだね……」

「喧嘩売ってんのかてめぇは……ほらよ、お前も」

と言って、アミュにも串を差し出した。

彼女は、それをおずおずと受け取る。

「あ、ありがと……」

「まあまあですわね」

もう食べ終わったらしいフィオナが、ゴミとなった串をグライに返しながら言った。

グライが半眼でそれに答える。

「屋敷に戻ったら代金は請求させてもらうからな」

「まあ、小さい男」

フィオナの煽りを背景に、ぼくも串焼きの肉を囓《かじ》る。

悪くはないが、少し塩気の強すぎる味だ。

「おいしいですわね、セイカ様」

いきなり笑顔でずいと寄ってきたフィオナに、ぼくは面食らう。

「え、いや、さっきまああって……」

「おいしいですわね」

「は、はぁ……」

「うふふ」

フィオナに手を引かれるように、街を歩いて行く。

ぼくは周囲の人混みを見回す。

今のところ特に問題も起きていないものの……フィオナの姿は、人々の視線を集めているようだった。

「……やっぱり、目立ってしまっていますわね」

さすがの彼女も、少し気にした風に言った。

だけど無理もない。

一応お忍びではあるが、いくらフィオナが有名とはいえ、こんな片田舎で皇女の顔を知っている人間はまずいない。ただ、問題は容姿で……フィオナのように綺麗な長い髪を垂らした娘は、この辺りでは珍しかった。

一応服は庶民らしいものを着てきたようだが、半ば侍女を振り切るように出て来ただけあって、頭から上はそのままだ。

髪色の珍しさもあり、否応なく人目を引いてしまっている。

「わたくしも、あんな風にしてくれればよかったのでしょうけれど……今さら仕方ないですわね」

フィオナが、髪を結った町娘を見やりながら小さく呟いた。

うーん、なんとかしてやれればいいんだけど……。

そう思ってぼくは市を見回すが、その間にも皇女殿下は構わず進んで行く。

そして、通りの端の方まで来た時……彼女がふと、足を止めて呟いた。

「男と女が親しくなるには、どのようにすればよいのでしょう？」

「……」

「思えば、なにも考えていませんでしたわ」

また唐突に何か言いだした。

反応に困る一同を代表し、ぼくがフィオナに訊ねる。

「ええと……婚約者との間に悩みでも？」

「あら、そのようなものいませんわ。今はまだ。うふふっ」

「では何を……？」

「世間一般での話です」

皇女は陶然と呟く。

「他の者たちは、どのように親しくなっているのでしょうか……？」

「それは、普通に何度も会って話したりとか……」

「もっと一瞬で距離が縮まるようななにかはありませんの？」

「……」

　何をそんな都合のいいものを……と思ったが。

　彼女は立場が立場だ、要人と交流しなければならない場面も多いだろう。この話題もそういった類の、切実な悩みなのかもしれない。

「物語などではよく、命の危機を救ったり救われたりして、親しくなっていますけれど」

「えっ、そこまでするんですか……？」

「それ、あると思うわ」

　と、なぜか急にアミュがその話題に食いついてきた。

　振り向くフィオナに、熱心な様子で説明する。

「冒険者の間でもよくそういう話聞くもの。暴漢をやっつけたり、モンスターから助けたりして、色恋沙汰になるやつ」

「まあ。それは、珍しくないことなのですか？」

「たぶん、しょっちゅうね。冒険の途中で仲間が恋人になったー、なんて話もよくあるから、きっとピンチを助けたり助けられたりすると、人間そうなるものなのよ。逆に揉めたら刃傷沙汰《にんじょうざた》になるけどね」

「興味深いですわ」

　盛り上がる二人に、ぼくは微妙な表情で突っ込みを入れようとする。

「いや、それは……」

「けっ、そんなもの……」

グライと喋るタイミングが被り、ぼくらは二人して口をつぐんだ。

アミュが訝《いぶか》しげに睨んでくる。

「なによあんたたち。なんか言いたいことでもあるわけ？」

「いや……」

実際には、危ないところを助けたからといって色恋沙汰になることなんてそんなにない。

きっかけくらいにはなるかもしれないが、すでに相手がいたり好みじゃなかったりすると、興味すら持たれずお礼を言われて終わりだ。

という前世の教訓を話したかったのだが、ちょっと説明しにくいので黙ることにする。

グライの方も、口を閉じたままだった。

「……なんなのよ、兄弟揃って。というか、別におかしなこと言ってないでしょ。あたしたちがそうだったじゃない」

「…………へっ⁉」

思わず困惑の声を上げてしまった。

皆の視線にはっとしたアミュが、顔を赤らめてあわてたように言い訳する。

「なっ、べっ、別に変な意味じゃないわよ！　あの地下ダンジョンがきっかけで話すようになったでしょってこと！」

「あ、ああ、そういう……」

びっくりした。

間延びした雰囲気の中、フィオナが口を開く。

「わたくしの場合、障害は自分で乗り越えてきましたが」

その口調は、少しだけ本音がこもっているように聞こえた。

「誰かが助けてくれたらと、思ったことはありますわ。そういうのは少し、憧れますわね」

「でしょ⁉　わかるわ」

「君の場合、どちらかというと助ける側になりそうだけどな」

「うっさいわね、いいでしょ別に！　あんたさっきからいらないことしか言ってないわよ」

すみません……。

というか、アミュもちょっとイーファみたいなところあったんだな。意外だ。

「うふふふふふ」

陶然と笑っていたフィオナが、ふと街の中心の方へ目を向けた。

「あ、向こうへ行ってみたいですわ」

言うやいなや、ぼくの手を引いて歩き出す。

こんな形で、謎の話題は唐突に終わった。

◆　◆　◆

市の通りから少し歩いた街の中心部は、役所や聖堂や大商会の支部など、比較的大きな建物が建ち並ぶ場所だ。

その合間に、軽食屋や雑貨を取り扱う小さな店がぽつぽつと建ち、さらにその隙間を埋めるように人々の住宅が建つ。以前のここはそのような場所だったが……今はやはり少しばかり、様子が変わっている。

「建物増えたなぁ」

数年前にはなかった、三階建てや四階建ての住宅がちらほら見られる。

ロドネアや帝都には遠くおよばないものの、いくらかは発展して人口が増えているようだった。

「それで殿下、どちらへ行かれるのですか?」

「ええと……」

フィオナはキョロキョロと周囲を見回し、ぶつぶつと呟く。

「聖堂があっちで、太陽があちらですから……向こうへ行きたいですわ」

「どこか目的の場所でも?」

「まさか、そのようなものありませんわ。散歩です。うふふ」

フィオナがそう言って笑う。

どうもそんな風には見えなかったが……この皇女だからな。普段からこうなのかもしれない。

「というかあんた、いつまで手握ってんのよ。もう人混みなんてないでしょ」

半眼で咎めるように言うアミュに、ぼくはあわててフィオナの手を離した。

「ああ、これは失礼しました、殿下」

「……」

「……」

「……」

「……あの、殿下?」

フィオナは笑顔のまましばし無言でぼくを見つめていたが、やがて言う。

「いいえ、構いませんわ、セイカ様。でもなにがあるかわかりませんから、わたくしのそばにいてくださいね」

「はぁ……」

生返事を返していると、アミュに肘で小突かれた。

「なにデレデレしてんのよ」

いつデレデレしたよ、ぼくが。

一行はほどなくして、街の広場へと出た。

ここに来たかったのかと思いきや、フィオナは広場自体には興味がないらしく、その周りを沿うように歩いて行く。

「うわ、すごいの建ててるわね」

アミュが驚きの声を上げる。

見上げる先にあるのは、広場の端っこに建設中の高層住宅のようだったが……確かにすごい高さだ。今の時点で七階分はある。ロドネアや帝都だったら規制に引っかかっていそうだ。

「まあ。この地の聖堂よりも高そうですわ」

「ったく、地価が上がってるからってこんなの建てやがって……おい、あんまり近寄るなよ」

止めるグライに、フィオナは微笑んで言う。

「大丈夫ですわ。ほら、セイカ様ももっとこちらに……」

言われてフィオナに歩み寄った、その時――急に、突風が吹いた。

高所で作業していた職人たちが、柱や梁《はり》にあわてて掴まる。

バキリ、という嫌な音が響き渡った。

それはどうやら、四階を支える柱が折れた音で。

風で傾《かし》いだ高層部が――ゆっくりと、バランスを崩して倒れてきた。

よりにもよって、ぼくらの側に。

「ッ、風錐槍《ウインドランス》！」

杖剣を抜き放ったグライが、風の中位魔法を放った。

それは二年前とは見違えるほどの威力で、正確に瓦礫《がれき》の大半を吹き飛ばす。

だが、すべてではない。

わずかに残った土壁や柱が、ぼくらへと降り注ぐ。

その時――不意に、頭上に影が差した。

落ちてくるはずだった瓦礫は、その何かに遮られ、鈍い音を響かせる。

「あんたたち、大丈夫!?」

ミスリルの杖剣を手にしたアミュが駆けてくる。

ぼくは改めて頭上を見やる。

瓦礫への傘となったのは、地面から生えた巨大な岩の掌《てのひら》のようだった。

「これ、ゴーレムの一部？　腕を上げたなぁ、アミュ」

「なに暢気《のんき》なこと言ってんのよ、はぁ……でも、その分ならなんともなさそうね」

「お前、今の完全無詠唱だったか？　はっ、そこそこやるじゃねぇか、優等生」

「あんたもまぁあね軍人さん。詰めが甘いけど」

「助かったよ二人とも、ありがとう」

ぼくがそう言うと、二人から呆れたような視線を向けられた。

「あんたはなにぼーっとしてたのよ。死ぬとこだったじゃない。らしくないわね」

「セイカ、お前寝てたのか？」

別に寝てたわけじゃない。

二人が間に合いそうだったから任せてみただけだ。いざとなったら転移でもなんでもできたからね。

「ったく……。おーい、怪我人はいるかー？　重傷者がいたら領主の屋敷まで連れてこい、特別に軍の治癒士に診せてやる。それからここの施工主は領主代理まで出頭しろー。建築主もだぞ」

職人たちに呼びかけるグライを尻目に、ぼくはフィオナに向き直る。

「お怪我はありませんでしたか？　殿下」

「……」

「……あ、あの、殿下？」

フィオナは……頬を膨らませ、なんだか不満そうな顔でぼくを見ていた。

それからふいとアミュを振り向くと、笑顔を作って歩み寄っていく。

「ありがとうございました、アミュさん。あとついでにグライも……」

その後ろ姿を見ながら、ぼくは思う。

あー、これは失望させちゃったかな……。

◆　◆　◆

さすがにもう帰ろうということになり、ぼくら一行は来た道を戻っていた。

フィオナは前の方でアミュと談笑している。

さっきまであれほど懐かれていたのが嘘みたいに、ぼくへ話しかけてくることはなくなっていた。

たぶんだけど……フィオナはぼくに、騎士のような役割を期待していたのではないだろうか。

少し前に男女で危機を助けられてどうのこうのとか言ってたし、あとぼく一応武術大会の優勝者だから。

しかし先ほどまったくの役立たずだったのを見て、期待外れにがっかりしてしまったわけだ。

小さく溜息をつく。

まあそんなことを勝手に期待されても困るだけだから、これでよかったのかもしれないけど。

市の通りが近づくにつれ、人通りも多くなってくる。

必然、フィオナに向けられる視線も。

ふと、市の外れにぽつんと店を構える、小さな屋台が目に入った。

色合いの良い布や雑貨を扱っている。

「……あの、殿下。少々お待ちを」

「はい……？」

フィオナの返事を待たず、ぼくは店に駆けていく。

そして目当ての物を買って戻ってくると、皇女へと言った。

「失礼します。少しじっとしていてもらえますか」

「はぁ……」

フィオナの後ろへ回り、その長い髪を先ほど買った編み紐で頭の上の方に結わえる。

最後に蔓《つる》模様の入ったスカーフを髪を隠すように巻いてやると、ぼくは小さく笑って言った。

「これでいくらかは町娘らしくなりました。それほど衆目も集めなくなると思いますよ。せめて、屋敷に戻るまでの間だけでも」

「……」

フィオナが自分の頭をぺたぺたと触りながら、少し不安げに言う。

「変ではないでしょうか……？」

「ん、そんなことないわよ。服とも合ってるし、いいんじゃない？」

「悪くねぇよ、そうしとけ。目立たれるよりはおれらも楽だしな」

「……うふふ。そうでしょうか」

フィオナは、今度は機嫌よさそうに頭をぺたぺた触る。

「……手鏡を持ってくればよかったですわね」

「姿見ならば用意できますよ」

《土金の相――玻璃鑑《はりかがみ》の術》

地面から、いびつな輪郭をした巨大な平面鏡が現れる。

フィオナは一瞬目を丸くしたものの、そこに映った自分の姿をいろいろな角度から見て、次いでうれしそうに笑った。

「気に入っていただけたなら何よりです。次からはもう少し上等な物を用意されるといいですよ」

「うふふふ」

「いえ……これがいいです。ありがとうございます、セイカ様。こうした贈り物をいただくのは初めてです……大切にしますね」

フィオナがにこにこと言う。

そんな安物でいいのかと若干心配になったが、まあ本人が気に入ったのならいいか。

と、アミュがぼくの鏡を覗き込みながら言う。

「しかしすごいわね、この鏡……こんなに綺麗なの見たことないわよ。どこまでが本当の地面かわからないくらいなんだけど」

「あはは、まあ……」

ヴェネツィアの錬金術師から聞き出した、ガラスに銀を被膜させる特別製だ。術で再現するのは苦労した。

「割って売ったらいい値がつきそうね」

「やめんか」

「お前は本当に訳のわからねぇ魔法使うな」

正直自分でも、なんでこんな術をがんばって編み出したのかはわからない。

意外と役に立つ機会はあったが。

「それにしてもセイカさま……なんだか、髪を結う仕草が手慣れておりましたね。弟子にはあんなことされてませんでしたのに……」

ユキが耳元でささやいてくる。

西洋で小さな子の面倒を見る機会があったんだよ。というか今答えにくいから話しかけてくるなよ。

「セイカさまは、西洋でいったいどんな暮らしを送られていたのですか？　ユキは無性に気になってまいりました……」

気にせんでいい。

◆　◆　◆

その日の夜。

晩餐が済み、屋敷の灯りも落ち始めた頃。なんだか喉が渇いて、井戸へ向かおうと外に出ると……月明かりの下、庭で剣を振るグライの姿を見かけた。

稽古中なのだろうか。真剣な様子で、ぼくに気づく気配もない。

「熱心だね、グライ兄」

「あ……？　なんの用だよ、セイカ」

汗を拭いながら鬱陶しそうな目を向けてくるグライに、ぼくは困った。

なんで話しかけたのか、自分でもよくわからなかったからだ。

「……別に。そうだ、相手になってあげようか。剣術ならまだ少し覚えてるよ」

「バカ言うな。お前の剣なんざ稽古の相手にもならねぇよ」

だろうなぁ、とぼくは思う。

前世の一時期、呪《まじな》いの才に乏しかった弟子に付き合って、高名な武者に太刀の流派を習っていたことがあった。

いくつかの技を伝授され、それなりにはなったのだが……結局師匠には遠く及ばなかったし、弟子にもあっという間に追い越されてしまった。ぼくに剣の才はなかったのだ。

腕の錆び付いた今となっては……いやあの頃のぼくであっても、きっとグライの相手にはならなかっただろう。

「グライ兄には剣の才があったんだね」

「なんだ、お前？　気色悪《わり》ぃな」

「誉めてるんじゃないか。なんといっても、あの皇女の聖騎士に選ばれたくらいだ」

「……はっ」

グライがそう言って、傍らに置いてあった水筒の水を飲む。

聖騎士とは、フィオナのそばに控える魔法剣士たちのことだ。

本質はただの護衛兵で、人数も十に満たないが、その力は精強無比。数々の刺客や、強大なモンスターを討ち取ってきた……と、吟遊詩人たちには歌われている。

フィオナが視察の最中に東方の駐屯地を訪れた折、グライを一目見て新たな聖騎士に選んだのだと、ルフトからの手紙に書いてあった。

ただ、正式な任命は宮廷で行うらしく、そのためには帝都まで帰る必要がある。

自分の軍団から聖騎士が選ばれるのは大変な名誉……ということで、軍団長であるペトルス将軍の一声がかかり、グライが自分の小隊を率いて帝都まで護衛することとなった。

今はその途中、兵とフィオナの休養がてら、実家のあるランプローグ領に滞在している……というのが、ルフトから聞いていた今回の一連の経緯だ。

短い沈黙の後、グライが口を開く。

「あいつの護衛が、なんで聖騎士なんて呼ばれているか知ってるか」

「……？　さあ」

「あいつ自身が広めたんだ。民衆の耳に心地良い、詩人に歌われやすい呼び名をな。要は、政治広報の一環だ」

「……外面だけで、中身が伴ってないってこと？」

「そうじゃねぇよ」

と言って、グライが水をもう一口飲む。

「あいつらの実力は本物だ。おれなんて最底辺だろうよ。あいつの侍女に二人、やべぇのがいただろ。今朝フィオナを止めてたやつらだ。行軍の途中、稽古とか言われてあいつらに叩きのめされたよ。あれで序列が下の方ってんだから、どれだけ恐ろしいやつらなのかわかんねぇよ」

「へぇ、全員帝都に置いてきたのかと思ってたけど、違ったんだ。侍女にね……」

そういえば、立ち居振る舞いがそれらしかった気もする。

「ふうん……で、つまり何が言いたいの？」

「おれが選ばれたのは、おそらく実力じゃねぇ。あいつの……何か、思惑があってのことだ。あいつは政治家だからな」

「……政治家」

ぼくはグライの言葉を反芻する。

「あまり、そうは見えないけど」

「見えないってだけだ。あいつがいつの間にか軟禁生活を脱して、世間にその存在が広まり、皇位継承の話題に名前が上がるようになってきたのが、ただ偶然だと思うか？」

「……全部、彼女が意図したことだと？」

「そうだ。聖皇女という呼び名や、庶民の印象も含めてな。あいつが自分で説明していたよ」

「……あの年齢でそこまで成し遂げたのなら、普通じゃないな」

ぼくは静かに言う。

「政《まつりごと》に対する天賦《てんぷ》の才があったと言ってしまえば、それまでかもしれないが……」

「それだけなわけねぇだろ。才能でどうにかなる域を超えてる。特に、聖騎士とかいうやべぇやつらをあれだけ集めるなんて芸当は」

「……才能でないならなんだって言うんだよ」

グライが、一つ息を吐いて言う。

「託宣《たくせん》の巫女を知っているか、セイカ」

「……いや？　帝都の中央神殿にでもいるの？」

「違う。聖堂とは無関係の、かつていた一族だ。数百年に一度……勇者と魔王の誕生を予言する」

「……！」

「あいつの母親は、その末裔《まつえい》だった。聖皇女には託宣の巫女の血が流れている」

グライが言う。

「あいつには、未来が視えるんだ」

「未来が……？」

　問い返すぼくに、グライが続ける。

「頭に浮かぶんだとよ。ある時、ある場所、ある場面の、自分が見ている光景と記憶が。昼間に街で建物が倒れてきただろ。今思えば、あいつはあの場面を視てたんだろうよ。なんの意味があったのかは知らねぇが、だからわざわざあんな場所へ行こうとしたんだ。それと……お前が帰ってきた日、おれが負ける光景も、おそらくな」

「……そんなことは起こらなかったじゃないか。グライ兄が、突然やめるって言い出したから……」

「未来は変わるんだとも言ってたな。考えてみれば当たり前かもしれねぇが」

　ぼくはしばし思考を巡らせ、口を開く。

「勇者と魔王の誕生を予言する一族……と言ったけど、それはあのおとぎ話に語られる巫女のこと？」

「ああ。おとぎ話ではなかったがな」

「なら妙だ。あの話に出てくる巫女に未来視の力などなかったはず。勇者と魔王の誕生を、ただその直前に察するだけの力だったはずだ」

「知らねぇよ。皇族は魔法の才に恵まれてるからな。そっちの血と合わさって、どうにかなったんじゃねぇの」

「今の話はすべて、皇女本人から聞いたことなのか？」

「ああ、そうだよ」

グライが言う。

「あいつの母親が託宣の一族の末裔だったことは、誰も知らなかった。ただあいつを産むまさにその時……予言したそうだ。勇者と魔王の誕生を」

「……」

「そのせいか知らねぇが、あいつの母親はそれからすぐに死んじまった。あいつはそれを、育ての親から聞いたらしい。それで覚《さと》ったんだとよ、自分の力がなんなのか」

グライは続ける。

「初めは母親の予言の方も、子を産む苦しみの末の妄言と思われていたそうだ。だが帝国の諜報の結果、事実だとわかった。魔族の側でも同じような情報が出回っていたからな。もっとも、向こうはなぜか魔王の誕生は知らないようだが」

「……」

「あいつがしばらく軟禁されていたのは、そういう事情もあったんだろうぜ。帝国が今、唯一把握している託宣の一族だからな。未来視の力は想定外だろうが」

「……それが本当なら、あまりに出来過ぎている。偶然とは思えない。皇帝は、フィオナの母親が託宣の一族であると知っていたとしか……」

「どうだかな。普通に考えればありえねぇが……あの皇帝なら、全部狙ってやったんだとしても不思議はねぇな」

ぼくは、少し考えて訊ねる。

「帝国や聖皇女は、わかってるのか？　勇者や……魔王が、誰なのかを」

「おれがそこまで知るわけねぇだろ」

グライが吐き捨てるように言う。

「あいつは、勇者と魔王が生まれた時には赤ん坊だった。だから本来の託宣を受けたわけではないだろう。ただ……あいつは知っているだろうな。その未来視の力で」

「……」

「あいつがあれほど、単なる学生に会いたがるなんて妙だと思ったが……剣を受けてわかった。あのアミュとかいう女が、勇者ってことなんだろうな。……なんだよ、怖《こえ》ぇ顔しやがって。その様子だとお前も知ってたのか？」

「……いろいろあってね」

目を伏せるぼくに、グライが告げる。

「あまり首を突っ込むんじゃねぇぞ、セイカ。勇者や魔王なんてものに」

「……グライ兄が心配してくれるだなんて、おかしなこともあるもんだ」

「違《ちげ》ぇよ」

グライがぼくを睨んで言う。

「あいつの邪魔をするんじゃねぇってことだ。あいつはあれでも、帝国の未来を見据えている」

「……帝国の未来、ね」

政治家だけあるということか。

ぼくはふっと息を吐いて言う。

「首を突っ込むなと言う割りには、ずいぶんべらべらと喋るじゃないか。そんなことまで話してよかったの？」

「別に構わねぇよ。どうせこの程度のことは、あいつはいずれ民に広めちまうだろうからな。疑うなら本人に聞いてみればいい……いやっ、だが、あの侍女どもには絶対言うなよ。おれがぶっ殺されちまう」

「グライ兄も、いろいろ考えていたんだね。意外だよ。美人に仕えられて浮かれてるとばかり思ってたけど」

「はっ、くだらねぇ！」

グライが忌々しげに、剣を振りながら言う。

「女なんてクソだ！」

「ええ……」

ぼくは困惑する。

何があったんだろう……こいつも極端だな。

「セイカ、お前も気をつけろよ。おれには破滅に向かっているようにしか見えねぇぞ。あれだけ女を侍らせて……」

「き、肝に銘じておくよ……でも、それならなんで、グライ兄は聖騎士の誘いなんて受けたのさ。

話を聞く限り、そのまま駐屯地にいた方がよかった気がするけど」

「最初は栄転だと思ったんだよ。こんなめんどくせぇ事情があるなんて予想できるか」

「へぇ……じゃあ、どうする？　今ならまだ辞退も間に合うんじゃない？」

「間に合うわけねぇだろ、ボケ！　それに……辞退なんてするかよ」

グライが、視線を彼方に向けて言う。

「あいつの視ている未来が気になるからな」

◆◆◆

「セイカさま」

部屋に戻ると、頭から顔を出したユキが話しかけてくる。

「あの者の話は本当でしょうか。あの者は、セイカさまに恨みがあるものと思っておりましたが……」

「少なくとも、嘘をついているようには見えなかったな」

わざわざそんなことをする理由も思いつかない。

ただ……。

「フィオナの力は、ちょっと信じがたいけど」

「未来が視えるという力でございますか？」

ユキが不思議そうに言う。

「なにゆえ……？　その程度のことは、セイカさまも占術《せんじゅつ》でなされるではございませんか」

「占いと未来視は別物だよ」

　ぼくは説明する。

「命占《めいせん》も卜占《ぼくせん》も相占《そうせん》も、導けるのは特定の物事に対する特定の結果だけだ。たとえば生まれの星から宿命を見たり、亀甲の割れ方から縁起を判断したり、家や都市の構造から吉凶禍福を予想したり、とかね」

「未来を視るのと何が違うのです？」

「占いは事前に情報や道具や知識が必要で、しかもわかることが限定されるんだよ。それに方法論が確立されていて、学べば誰でも使えるし、他人に教えることができる。未来視は、これとはまったく違う」

　ぼくは続ける。

「情報も道具も知識も何もないところから、いきなり未来がわかる。方法論なんてものはなく、誰かに教えることもできない。魔術師の叡智からは隔絶した、超常の力だよ」

「はぁ、それは……管狐の予知に近いようなものでしょうか」

「管狐の予知も、厳密には占術だ。近いのは……西洋に伝わる預言者か、妖《あやかし》では件《くだん》だろう」

「件《くだん》、でございますか……」

　人の頭に牛の身体を持った、人語を話す妖《あやかし》。

　生まれてすぐに重大な出来事を予言して死に、それは必ず当たるという。

「話には聞くものの、ユキも見たことはございませんが」

「実は一匹持ってるけどな」

「ええっ⁉　どうやったのでございますか？　たしかあれ、予言をしたらすぐに死んでしまうはずでは……」

「件《くだん》の誕生を予言した件《くだん》がいたんだ。丹後国《たんごのくに》にある村だということだったから、しばらく逗留して牛が産気づくたびに近くに張り付いてた」

「よくそんながんばりましたね⁉」

「で、本当に生まれたから、何か喋る前にすぐ封じたんだ。悪いが見せることはできないよ。位相から出したら予言して死んでしまうからね」

「いえそれは別に、結構ですが……」

ユキは呆れ気味にそう言ってから、気を取り直した風に頭を上げる。

「それはともかく、どうされますか？　あの姫御子は、セイカさまの脅威となりうるでしょうか……」

「いや……大丈夫だろう」

ぼくは言う。

「未来視といえど、万能とは思えない。預言者も件《くだん》も、自在に未来を視られるわけではないからね。そもそもぼくが力を振るうような真似をしなければ、そのような未来も来ないはずだ。政治家だというのは厄介だが、まあ――」

ぼくはふっと笑う。

「深く関わらなければいいだけだろう」

## 玻璃鑑の術

ガラスに銀をメッキした鏡を作り出す術。作中世界においても、セイカの転生前の時代には銀鏡反応のような製鏡技術はまだ生まれていなかった。しかしガラス板に金属を薄く被膜させることで高効率の反射鏡が作れることは知られており、魔術師や錬金術師の製作した一品物がごく少数ながらも流通していた。

# 其の四 chapter1

「セイカ様。お茶をどうですか？　うふふ」

「セイカ様。こちらにいらっしゃったのですか。お話でもしませんか？」

「セイカ様ー？　どこにいらっしゃいますかー？　セイカ様ー……」

◆　◆　◆

「はぁ……」

ぼくは納屋の壁に背を預けて溜息をついた。

屋敷からは死角になっている場所で、日も当たらないのでひんやりとしている。

あの日以降、どうもかなり気に入られてしまったらしく、ぼくはずっとフィオナにつきまとわれていた。

関わらないと決めた矢先に……。下手に親切になどしなければよかったか。

ただ、そんな日々も今日で最後。

明日は出発の日だ。

帝都へ送り届けた後は、もうフィオナと関わることもあるまい。

そんなことを思っていると、近くに人影が通りかかる。

「うわっ、セイカ⁉　あんたなにしてんのよそんなとこで……」

ぼくに気づいたアミュが、びっくりしたように言った。

手には模擬剣を持ち、少し汗をかいているようだ。

ぼくは訊ねる。

「君の方こそ。稽古でもしてたのか？」

「ちょっとね。あんたの兄貴に相手になってもらってたのよ」

「え⁉　兄貴って、グライか？」

「そうに決まってるでしょ」

「なんでそんなことに……」

「なんでって……成り行き？　朝外に出たら庭で剣振ってたから」

「へぇ……」

あいつ、夜も剣振って朝も剣振ってるのか。ずいぶん熱心だな。

目的がぼくを叩きのめすためというのがアレだけど。

ただ……ぼくは一応訊く。

「……大丈夫か？　あいつ、下心あるかもしれないから気をつけろよ？　体触られたりしなかったか？」

「はあ？　気持ち悪いこと訊くわね。ないわよ、別に。ただ模擬戦しただけだし」

アミュがはぁ、と溜息をつく。

「さっぱり勝てなかったけどね。さすが、あんたの兄なだけあるわ……うわなにその嫌そうな顔」

あれと兄弟とは思われたくない。

いや……だけど、グライも昔に比べれば立派になったか。

真面目になり、気遣いも覚え、実力も伴うようになった。

ぼくへの敵愾心《てきがいしん》を異様に燃やしていたり、そういえば女嫌いにもなっていたりと、相変わらずおかしなところはあるが。

ただ、その一方で。

ぼくの脳裏には、それとは異なる思いも浮かんでいた。

なぜ、アミュは勝てないんだろう？

彼女は勇者だ。才も間違いなくある。

グライが強すぎる、という様子でもない。

普通に考えれば……アミュが弱いのだ。少なくとも、今の段階では。世間的にはともかく、伝説に語られる強さにははるかにおよばない。

年齢的にももうすぐ十五になるというのに。いったいなぜ……。

と、そこで、黙り込むぼくへ、アミュが呆れたように口を開く。

「まーた考え事してる……。ねえ、というか、あんたこそなにやってたのよ。こんな物置の陰で」

「……殿下から隠れてたんだよ」

「あー……」

思考を中断して答えると、アミュが理解したような声を出す。

「あんた、ずいぶん気に入られてたものね」

「勘弁してほしいよまったく……ぼくはお偉いさんの相手とか死ぬほど苦手なんだ」

「そう？　その割に慣れてなかった？　まあ、だけど……これから冒険者になろうってやつが、そんなの得意なわけないわね」

アミュが苦笑して、それから、少し口調を緩めて言う。

「でも……今日で最後よ？　明日は出発なんだから」

「……」

「最後くらい、話し相手になってあげたら？」

「……アミュ」

「さっき屋敷の窓際で、戦棋の駒を一人で動かしてたわよ。寂しそうにね。それだけ伝えておくから。じゃ」

言い残して去って行くアミュの後ろ姿を眺めながら、ぼくは嘆息した。

仕方ない、行ってみるか。

それに……少し話してみるのも、いいかもしれない。

◆◆◆

この世界にも、前世の将棋や大将棋、象棋《シャンチー》や西洋将棋《チェス》のような、二人で兵を模した駒を動かしあう戦棋という盤上遊戯があった。

ランプローグ邸二階の窓際。

卓に置かれた戦棋用の遊戯盤を見下ろして、フィオナは一人、『歩兵』の駒を前に進める。

対面には誰もいない。反対側の手も、フィオナが進めているようだった。

「誰かに相手を頼まないのですか？」

話しかけると、フィオナは顔を上げ、ぼくを見て微笑んだ。

「誰ももう、わたくしの前には座ってくださいませんの。相手にならないから、と。セイカ様、戦棋はわかりまして？」

「駒の動かし方くらいなら」

「では、できますね」

そう言うと、フィオナは盤面の駒を初期位置に戻していく。

ぼくはフィオナの対面に座りながらも、渋い表情で言う。

「誰も殿下の相手にならないなら、初心者のぼくが務まる道理がないのですが」

「うふふ。無論、駒は落としてさしあげますよ」

と言って、フィオナは自陣の駒を取り除いていく。

『魔術師』に『賢者』……そればかりか『竜騎士』に『戦車』といった強力な駒まで落としていき、最終的にフィオナの盤面には『歩兵』と『騎士』、それと自身である『王』しかいなくなってしまった。

「……そんなに落として勝負になるんですか？　戦棋は取った駒を使えないのだから、ぼくは一対一で交換していくだけで勝ててしまうんですが」

「うふふふ、そうですわね、理屈の上では。ですが戦棋の勝利条件は、相手の全滅ではありませんから……でも、取った駒を使える、というのはおもしろいですわね。そういうルールを加えてみるのもいいかもしれません……。先攻をどうぞ、セイカ様」

言われた通り、ぼくは『歩兵』の駒を一つ前に進める。

それから小さく呟く。

「譲るからには、きっと先攻の方が有利なんでしょうね……。いいんですか？　ぼくは手加減できるほどの実力もないので、本当に勝ってしまいますよ」

「うふふ、どうぞ。できるものならば。……そうだ。そこまでおっしゃるのなら、賭けませんか？」

「賭け？」

「ええ。負けた方は、勝った方の言うことをなんでも一つ聞くのです」

「結構きついの賭けますね!?」

「うふふ。もちろん遊びですから、どうしても無理な事柄なら拒否して構いません。いかがでしょう」

「……わかりました。いいですよ」

「うふふふっ、セイカ様の言質《げんち》を取ってしまいました」

「怖いなぁ」

「言っておきますが、わたくしは勝ちますよ」

フィオナは自陣の『騎士』を動かしながら、機嫌良さそうに言う。

「意外に思われるかもしれませんが、わたくしはこれでも、けっこう強いのです」

「いえ……別に、意外ではないですよ」

ぼくは言う。

「政《まつりごと》をなさるうえでは、こうした戦術眼も重要なのでしょう」

「まあ。それは、買いかぶりすぎというものです」

フィオナは『王』を動かす。

「これはただの趣味ですわ。自由のなかった頃は、娯楽も限られていましたから。それに……わたくしの戦場は、このような血生臭い場所ではありませんもの」

「では、どこなのでしょうか。政治家の戦場とは」

「うふふ……」

ぼくの問いには答えず、フィオナは駒を進めながら微笑む。

「セイカ様。この世で最強の駒とは、何だと思われますか？」

「……それは、戦棋の話ではないですよね」

「いえ、そうですね。せっかくですから、この場でどこにあるのかを指し示してみてください。なければないで構いませんが」

「いいですよ」

そう答えて――――ぼくは、フィオナを指し示す。

「この場で表すならば……最強の駒とはぼくであり、あなただ、フィオナ殿下。兵ばかりか王までもを背後から操り、決して戦場で討ち取ることはできない。政治家こそが、この世で最強の駒でしょう」

「まあ。気持ちのいい答えをくださいますわね、セイカ様」

フィオナが晴れやかに笑う。

「おそらく常人ならば、『竜騎士』や『王』と答えたことでしょう。先のような回答をこそ、わたくしは求めていました」

「ならば、正解ですか?」

「正解は誰にもわかりません。ですが……わたくしの考えは異なります」

「では、殿下はどの駒が最強であると?」

「うふふ……この世の最強とは、ここにいる者たちのことですわ」

そう言って、フィオナは自陣の背後を、指で大きく丸く指し示した。

そこには、何もない。

遊戯盤の置かれた卓の天板が、ただ広がるだけだ。

「今ここにはなにもありません。ですが現実には、兵や王や政治家の周りには、たくさんの者たちがいます――――この国に住む、民という者たちが」

「名もなき民衆こそが最強であると？」

「ええ」

フィオナが迷うことなくうなずいた。

しかしぼくは、今ひとつ納得がいかない。

「たしかに、民衆の反乱によって体制が倒れることはありますが……それは例外でしょう。ほとんどの場合、民はただ奪われるばかりの力ない者たちです」

「ええ、その通りですわ。しかしそれでも、民こそが最強なのです」

眉をひそめるぼくに、フィオナは微笑む。

「王や政治家は、なにも生み出しません。民の生産する作物や資源を、税という名目でただくすねるばかり。その実態は、獣に寄生して暮らす蚤《のみ》に近いと言えるでしょう」

「仮にも皇女というお立場で、ずいぶんなことをおっしゃいますね」

「うふふ、蚤も馬鹿にはできませんわ。まずジャンプ力がすごいです」

「馬鹿にしてるようにしか聞こえないんですが」

「それと、血を吸い、病を媒介することで、自分の何倍も大きい宿主を苦しめることができます。もしかすると、本当は殺すことすら容易なのかもしれません。王にとって民が、そうであるように」

「……」

「ですが、うふふ。蚤は決して、宿主を殺すことはできません。その選択肢は初めから存在しないのです。なぜなら……それは同時に、自らの破滅をも意味するから。蚤は宿主なしでは生きられない」

「……」

「税収がなければ、政治家は存在できません。兵站《へいたん》がなければ、軍は維持できません。民とはまさしく我々にとっての生命線、巨大な宿主なのです。我々は彼らを滅ぼすことができない、決して」

ぼくの駒を取りながら、フィオナは続ける。

「加えて彼らは、莫大な力を持っています。圧倒的な、多数という力を。もしも彼らが一致団結できたならば……その物量差を前に、帝国軍など為す術がないでしょう。それはとても難しいことですが、彼らの機嫌を損ねれば、いつかは起こり得てしまう。決して滅ぼされない、不死という属性を持っている限りは……わかりますか、セイカ様」

ぼくは、フィオナの説明にただ聞き入る。

「民とは不死であり、途方もない力を持つ巨獣なのです。ひとたびまどろみから醒めて牙を剥けば、我々蚤などはひとたまりもない。彼らこそが、この世で最強の駒なのです」

それは、ぼくには思いもよらない考え方だった。

前世での民とは、野盗や貴族に奪われ、飢えや寒さや流行病《はやりやまい》で死んでいくだけの弱い者たちでしかなかった。日本でも宋でも、イスラムでも西洋でも。

だけどフィオナの主張には、前世でも通じる理屈が通っている。

あるいは、お国柄もあるのかもしれない。

民衆から立った英雄が初代皇帝となった逸話を持つウルドワイト帝国では、今でも皇位継承の折、帝都の広場で人々が新たな皇帝を承認する儀式がある。

為政者としても、民は無視できないのだろう。

ぼくは言う。

「だから殿下は……民衆へ、積極的に自分の存在を広めているのですか？」

「ええ。わたくしの手駒には、『王』も『竜騎士』もありません。ですから、誰も注目しない駒だって使います。それが最強であるなら、なおさらのこと」

フィオナは、そこで小さく笑う。

「今はこのようなこと、ただの搦め手に過ぎないでしょうね。ですが、きっと遠い未来では……政治家は皆、民におもねるようになるはずです。いつかはすべての国で、民衆が王権を手中に収めるでしょうから」

「民衆が王権を？　まさか」

「うふふ、おかしいですか？　最も強き者の手に、最も大きな権限が収まるのは自然なことでしょう。水が低きに流れるがごとく、いつかきっと訪れるはずです。民が為政者を選び、民が彼らの不正を糾弾する、そんな世が」

まるで夢見がちな少女のように語るフィオナを見て、ぼくは思う。

やはり、この皇女は政治家なのだ。

後ろ盾や実権がなくとも。まだ年若い少女に過ぎないとしても。

ぼくには見えない力学や景色が、その目に見えている。

静かに口を開く。

「きっと、ね……さすがに殿下の未来視であっても、そこまで先の未来は視えませんか」

「まあ。グライかしら」

ぼくがうなずくと、フィオナは意外にもほっとしたような口調で言う。

「感謝しなければなりませんね。セイカ様にどうお話しするか、ずっと悩んでおりましたから」

「では、やはり事実なのですね」

「うふふ」

フィオナは、盤外に落とした駒を弄《もてあそ》びながら言う。

「幼い頃、わたくしはこの力がなんなのかわかっておりませんでした。視える未来もそれに伴う記憶も、すべてはうつろう可能性のようなもの。ともすれば、蝶の羽ばたき一つで変わってしまうものです。実現したりしなかったりするこの白昼夢の正体に思い至ったのは、羽ばたき程度では変えることのできない、暴風のごとき運命の流れがあると気づいた時でした。そしてお母様が何者だったのかを聞かされた時、それは確信に変わり、同時に……わたくしの生まれた意味も、覚ったのです」

「生まれた意味、ですか。それは未来視の力をもって、帝国に利するというような？」

「うふふふふ……いいえ、違いますわ」

フィオナは、どこか儚げな笑みと共に告げる。

「人の生には意味などないのです、セイカ様」

押し黙るぼくに、フィオナは続ける。

「未来はうつろい、容易に変わりうるもの。運命の流れも、ただそれが確率的に最も実現しやすい未来というだけでしかありません。人の生には、天より定められた意味などない……それに気づいた時、わたくしは好きに生きようと決めました。大人しく軟禁されるのではなく、それどころか誰の思惑にも依らない、わたくし自身の意思で生きようと」

ぼくが沈黙していると、手番を終えたフィオナがにやりとしながら言ってくる。

「だいぶ劣勢になってきたようですわね。まだ続けますか、セイカ様？」

「……最後まで諦めませんよ。駒の数ならばまだ互角です」

「まあ、素敵。でもこの盤面、実は七手詰めですの」

「………投了します。ちなみに、ここからどう詰まされるんですか？」

「うふふふっ。ここがこうなると……」

フィオナの白く細い指が、駒を動かしていく。

どうやら本当に詰みの盤面だったようで、ぼくは重たい息と共に言葉を吐き出した。

「完敗です。本当に強かったんですね、殿下」

「うふふふ……未来が視えるのは狡《ずる》い、とはおっしゃらないのですか？」

「そこまで都合よく使える力ではないでしょう」

ぼくは言う。

「それに仮に視えていたとしても、戦棋は駒の位置も動かし方もすべて公開されている遊戯です。未来の予測なんて、やろうと思えば誰でもできることですよ。戦棋に未来視は関係ない。殿下は、間違いなくこの遊戯がお強いのだと思います」

「うふふっ、なんだかうれしいですわ。セイカ様にそう言っていただけると」

フィオナはにこにこと、機嫌良さそうに言う。

「でも欲を言うならば……わたくしがそんな卑怯な真似をするはずがない、とおっしゃってほしかったところですわ」

「はは、さすがにそこまでは断言できかねますね。殿下に今のお人柄とは別の腹黒い一面がないとも、まだぼくには言い切れませんから」

「……ならば、どうすれば信用していただけるのでしょう」

ふと、ぼくは口をつぐんだ。

微笑んではいるものの、フィオナの口調や表情からは、真剣さがにじみ出ている。

これはひょっとすると……ぼく個人に対してではなく、政局で味方をどう増やせばいいのかと か、そういう類の悩みなのかもしれない。

最初に冗談で返したのは間違いだったかな……。そんなことを思いつつ、ぼくも真面目な口調を作って言う。

「一般論ですが……本音を話したり、弱みを見せると良い、とは言いますね」

「本音に弱み、ですか」

「先に相手を信用して、自分のことを打ち明けるのです。そうすれば、相手も自ずと心を開いてくれる……らしいですよ。もっとも殿下のお立場では、なかなか難しいかもしれませんが」

「うーん……」

フィオナが渋い表情で唸る。

「ええと、わかりました。では……いきますよ？」

「……？　はい」

「わたくしは鳩が苦手です」

「へ？　鳩……？　どうしてまた。何か嫌な思い出でも？」

「いえ、そういうのはないのですが……とにかく怖いのです。特にあの目。セイカ様は、鳩の目を間近で見たことはありますか？」

「たぶんないかな……」

「ならば機会があれば見てみるといいでしょう。白目が赤くて黒目が小さくてとにかくまん丸で、なにを考えているのかまったくわからない異常者の目をしていますから。動物の中でも、鳩だけは絶対に心がないでしょうね。虫に近いと思います。昔はよく、窓の外に鳩がいると大泣きしていました」

「結構語りますね。というかそこまで鳩を恐れる人を初めて見ましたよ」

「あとは、小さい頃シチューが怖かったです」

「シ、シチュー？　料理の？　嫌いだったということですか？」

「いえ、好きでした。でも怖かったのです。特に冬、暖炉のある部屋で食べるのが」

「どういうことですか……」

「シチューには小麦が使われていることを、わたくしはある時知りまして」

「は、はい」

「幼いながらも博識だったわたくしは、パンも小麦から作られることを知っていたのです」

「はい……」

「パンは、小麦を焼いて作ります。シチューを食べると、お腹の中に小麦がある状態になりますね？　だから……そのまま暖炉にあたってしまうと、お腹の中で小麦が膨らんでパンになって、口からあふれ出てしまうと考えたのですわ」

「あっはははは！　え？　ほっ、本気で言ってます？」

「本気です。だから幼いわたくしは、シチューを食べ終わると一目散に寒い部屋へ逃げて毛布を被り、お付きの者たちを困惑させていました」

「あっははははは！」

　ぼくは笑った。

笑うわ、こんなもん。

「んぐっ、ふふっ、い、いや失礼。殿下も、し、真剣に悩まれていたことでしょうね……っふふふ」

「皇族を笑いものにするとは、セイカ様にはきっと恐ろしい罪が科せられてしまうのでしょうね。悲しいことです……」

「いやいやいや！　どんな忠臣でも今のは笑いますって！」

「うふふっ、そうでしょうか。なんだかとても気分がいいですわ。わたくしの身の上話で笑っていただけることなんて、今まで一度もありませんでしたから……ああ、そうそう。もう一つありましたわ。こちらは、弱みではなく本音の方なのですが」

フィオナが、穏やかな笑みで静かに語る。

「わたくしは……例えるならば、助けたいのです」

「助けたい？」

「子供が、草原で遊んでいるとします。でもその近くには大きな穴が開いていて、その子はそれに気づいていない。このままでは、いずれ転《ころ》げ落ちてしまうことでしょう……わたくしは、それを助けたいのです。穴に気づいているのはわたくしだけで、これはわたくしにしかできないことだから」

ぼくは、少し考えて口を開く。

「その子供とは、帝国のことですか？」

ぼくの問いに、フィオナは曖昧《あいまい》に笑うのみ。

「ごめんなさい、詳しくは教えられませんの。未来が予期せぬ方に変わってしまうかもしれませんから」

「アミュに会ったのも、その一環だったと？」

「それは……ええ、そう思っていただいてかまいませんわ」

「それらはすべて、殿下がご自分の意思で望むことなのですか？」

今度はしっかりとうなずくフィオナに、ぼくは笑い返した。

「ならば、応援しますよ。ぼくに手伝えることならなんでもお申し付けください」

「うふふ。うれしいですわ」

言ってから、また余計なことに首を突っ込みかけていることに気づいたが……今さらもう遅い。あとでまたユキに小言を言われそうだ。今は考えないようにしよう。

「そうだ。ぼくは、馬車が苦手ですね」

「馬車が？　意外ですわ」

「どうも酔ってしまって。もっとも、最近はだいぶ平気になりましたが」

「わたくしもシチューはもう平気ですわ」

「そこ張り合います？」

「うふふっ……楽しかったですわ、セイカ様」

フィオナが席を立つ。

思えば、だいぶ話し込んでいた。

「声をかけてくださって、ありがとうございます」

「いいえ。こちらこそ」

「うふふっ」

フィオナがぼくを見下ろして言う。

「どんなお願いを聞いてもらうかは、よく考えておきますわ」

「あー、はは……」

ぼくはフィオナから目を逸らし、乾いた笑いをこぼした。

くそっ……忘れてなかったか……。

◆◆◆

翌朝。

短い休暇も終わり、再び学園へと発つ日がやって来た。

「えーっと。これで荷物は全部かい、セイカ」

馬車の列を眺め、ルフトが言う。

帰りは、ぼくたちだけではない。フィオナの一行や、それを護衛するグライの小隊も一緒だった。物々しいほど並んでいる馬車以外にも、軽装で馬に騎乗する兵の姿も見える。

アスティリアへ行った時以上に安全な旅路になりそうだ。

「そうだね。ありがとう、兄さん」

「学園に戻っても元気でやれよ」

「わかってるって」

「それと、初等部を卒業したらどうするかも、早く決めるんだぞ。父上としては進学してほしいと思ってるだろうけど……」

「あー、わ、わかってるって……」

ぼくは引きつった笑みと共に答える。

冒険者になることは、ブレーズにもルフトにも言ってなかった。

ギリギリまで黙っているつもりだ。学費出さないとか言い出されたら困るからね……。

「イーファも元気で。ずっと働いてたけど、ちゃんと休めたかい？」

「えへ、大丈夫ですよ。ルフト様もお体には気をつけて」

イーファがはにかんで言う。

屋敷にいる間、イーファはずっと使用人や奴隷たちに混じって家の仕事をしていた。もうそんな必要はないのだけれど、他にすることもないから、と言って。

もしかすると、仲の良かった者たちと話をする時間が欲しかったのかもしれない。次に会える時は、来るとしてもまだだいぶ先になるだろうから。

「メイベル嬢も。機会があればぜひまたいらしてください」

「……はい」

メイベルが、名残惜しそうにこくりとうなずいた。

ぼくは、その様子を半眼で眺める。

メイベルは滞在中、もうずっと、ひたすらにだらけていた。

客人だから別にいいんだけど、さすがに小言を言いたくなるほどに。

「うう……ずっとここにいたかった……」

「君なぁ……実家でもあんな感じなのか？」

「あの人たちの前では、猫かぶってる……だから、ちょっと疲れる」

「ここでこそ被れよ。なんであそこまでくつろいでたんだよ」

「貴族と結婚したいって言ってる子の気持ちが、わかった……私も、ずっとこんな生活送りたい」

「あのな、そう言ってる連中も、子供産んだり社交界に出たり夫の仕事を支えたり、それくらいの覚悟はしてるからな。君みたいにひたすらだらけたいと思ってるわけじゃないから！」

「なんでそんな、ひどいこと言うの……」

「みんな自分の力で生きてるんだよ。そのためにも、学園に戻ったらまた勉強をがんばろうな」

「うう……やだぁ……」

涙目になるメイベルを呆れつつ見下ろす。

この子、こういう性格だったんだなぁ。イーファやアミュはほっといても動き出すタイプだから対照的だ。

「おいセイカ！　何やってんだそんなところで！」

唐突に、グライの声が響き渡る。

小隊の馬車から戻ってきていた次兄が、腰に手を当ててぼくを睨んでいた。

「もう時間だぞ、何もたもたしてるんだッ！」

「うるさいなぁ……」

「悪いなグライ。僕が引き留めていたんだ」

「ふん……ならいい。じゃあな、兄貴も」

「グライ……」

「なんだよ……どうせたまに帝都に来るんだろ？　これからはその時に顔を合わせられるだろーが」

「そうですわ」

グライの後ろから、フィオナがひょっこり現れて言う。

「グライが、わたくしに差し向けられた刺客と相打ちにならなければ、ですけれど。うふふ」

「……おい。こんな時に不吉なこと言うんじゃねーよ」

「うふふ、冗談ですわ……わたくしが、それは冗談だと言うのです。だから安心なさい」

「お、おう……」

フィオナは笑っている。

あるいはそれは、グライが刺客に討たれるような未来は来ないという、フィオナなりの気遣いだったのかもしれない。

「皇女殿下……」

「ルフト卿。此度《こたび》の歓待、感謝しますわ。帝都への帰路につく前に、とてもよき慰安となりました。長きにわたる滞在でご迷惑をかけてしまいましたわね。このお礼は必ず。ブレーズ卿にもそうお伝えくださいと」

「恐れ入ります、殿下。当主であり領主であるはずの父上が、出立の折にお見送りもできず申し訳ない」

本当に申し訳なさそうに言うルフトに、フィオナが苦笑して答える。

「よいのです。ブレーズ卿は、領地経営とご自身の研究で大変にご多忙な方。それだけ帝国へ貢献してくださっていることを思えば、悪くなど思うはずがありませんわ。それに……わたくしも、年が離れていると話しにくいという気持ちはわかりますから」

二人が話している通り、この場にブレーズはいなかった。皇女殿下の出立なのに、なんやかんやと理由を付け、見送りを完全に次期当主のルフトに任せている。

正直まずいと思うのだが……たぶんフィオナも、滞在している間にブレーズの気質はわかったのだろう。皇女陣営を軽く見ている、という他陣営へのアピールであればフィオナも黙っていなかっただろうが、単にめんどくささから出たものとあっては、仕方ないと思っている感情が透けて見えた。

たちが悪いのは、ブレーズはどうもこの辺りのことを読んだうえでやっているらしいことだ。

意外にもあの男は要領がいい。

ルフトも苦笑を返す。

「そう言っていただけると、僕も気が楽です」

この兄は、ふてぶてしい研究者や派閥争いを繰り広げる貴族の当主としてよりも、善良な領主としてある方が似合っている気がした。

「殿下。此度はご滞在に我が領地を選んでくださり、大変光栄にございました。視察の休養となったのならば何よりです。今後も帝国のため、領地の振興と魔法学の発展に励んで参ります」

「うふふ。卿の優秀な弟君《おとうとぎみ》をお借りしますわね」

「愚弟でよろしければ存分に使ってやってください」

「けっ！」

その時、近くの馬車の窓から、赤い髪の少女が顔をのぞかせた。

「あれ？　みんなまだ乗らないの？　あたしも降りた方がいい？」

ぼくは少し笑って、ルフトへと軽く手を上げて言う。

「じゃあね、兄さん。元気で」

次に会うのは、いつになるだろうか。

この兄を家族と思ったことはないが……またその機会が来ればいいと、なんとなく思う。

◆　◆　◆

帰りも、馬車に乗る面々は行きと同じ……とはならなかった。

フィオナが、自分の馬車にぼくを乗せると言って聞かなかったからだ。

例の侍女二人にまた烈火のごとく反対されていたが、フィオナも相変わらず頑固だった。

そういうわけで、今ぼくの正面にはにこにこ顔のフィオナが座っている。

さらにはグライもついでに指名していたので、隣に座るのは次兄だ。

なんだよこの面子。

「お前、馬車に乗るとほんと喋んねーな」

グライが呆れたように言った。

ぼくは渋い表情で答える。

「……余計なことをして酔うのが嫌なんだよ」

「馬車が苦手というのは本当でしたのね。出立して二日、ずっとこんな調子ですもの。これでも揺れはかなり少ない方なのですけれど」

「お話し相手にもなれずすみませんね。汚い話は避けますが、迷惑だけはかけませんので」

「うふふ、お気になさらず」

「しっかし、お前に苦手なものがあったとはな」

「それ、二年前にイーファにも言われたよ」

苦手なものくらいある。人間だからね。

と、そこで——ぼくは、外を飛ばしていた式に注意を向けた。

馬車の隊列は、両脇を木々に囲われた道に差しかかっている。

「グライ兄」

「あ?」

「そういえばグライ兄はこんなところにいていいの?　小隊の隊長なのに」

「いいんだよ。もう大体のところはローレンに任せてある。いずれにせよ、駐屯地への帰りはおれが指揮できねぇんだ。それに皇女殿下のご命令とあっちゃ、おれも逆らえねぇからな」

「うふふ、なんだか不本意そうですわね」

「そうは言ってねぇ」

「でも、もしもの時はどうするのさ」

「もしもの時を来させねぇためにこんな大人数率いてるんだろうが。戦闘じゃねぇ、この護衛は威圧が目的だ」

「だけどもし来たら?」

「しつけぇな。その時はここで殿下を守りながら指揮を執るさ。別にそれくらいわけねぇ」

「ふうん、じゃあよかった。ところで話は変わるけど、この国の野盗ってどのくらいの人数が普通なの?」

「野盗だぁ?　そんなもん数人から百人規模までばらばらだが……ただ、ここらで大きな集団は聞かねぇな」

「へぇ、そうなんだ」

ぼくは呟く。

「じゃあ、あれはなんだろう？」

その時――――馬車の前方で、轟音が響き渡った。

人間の怒号や叫び声、馬のいななきが上がる。

「なッ!?」

「偽装した空の馬車がやられたようですわね」

一気に張り詰める空気の中、フィオナが穏やかに言う。

ぼくは軽く笑って、馬車の扉を開け放った。

「もしもの時、来ちゃったね」

躍り出ると同時に天井の縁を掴み、床板を蹴って跳躍。宙を逆向きに回るように、馬車の屋根へと着地した。

「ふう。久しぶりにこんな軽業やったな」

おかげで周囲がよく見える。

道の左右に分かれて散開する、粗野な格好をした数十人規模の集団も。

前方を見ると、皇女の馬車に偽装させていた荷馬車が、巨大な岩によって潰されていた。

周囲に高い崖はない。土属性魔法の類だ。

「外れだぁ！〝黄玉〟は六へ移動ッ、〝鋼玉〟は八の馬車に矢だ！　左後列は屋根のやつを狙え！　二、一……」

どこからか響く頭目らしき声に、周囲の荒くれ者どもがフィオナの馬車とぼくへ一斉に弩《いしゆみ》を向ける。どうやら馬車の壁ごと中の人物を射殺すつもりらしい。

それにしても、ずいぶんと装備の調《ととの》った野盗だな。まあいいや。

持ち運びを重視しているのか、弩はかつて西洋で見たものよりもずっと小さかった。あれならそこまで威力は出るまい。

これで十分かな。

「放てッ！」

見事なほど同時に、矢が射かけられる。

その瞬間、ぼくは頭上に浮かべたヒトガタを起点にして、術を発動した。

《陽の相――磁流雲《じりゆううん》の術》

迫る矢の群れ。

それらはすべて――途中でぐにゃりと軌道を曲げ、馬車やぼくを避けてあらぬ方向へ飛び去っていく。

ぼくは口の端を吊り上げて笑った。

「はは、どこを狙っているのやら」

「お……お頭《かしら》ぁッ!?」

「なっ!?　〝軟玉〟は八へ援護に入れ！　〝鋼玉〟予備隊ッ、屋根のやつを殺せ！」

控えていた数人の弩が、ぼくへと向けられる。

だが同じことだった。矢はすべて逸れ、空や森へと虚しく飛んでいく。

「な……なんだこれはっ、魔法なのか⁉」

「ふふ、そうだよ」

弩兵の驚愕の声に、ぼくは笑いながら呟く。

陽の気で生み出した強力な磁界に金属が近づくと、その金属は磁石へと変わり、必ず最初の磁界に対し反発するようになる、そんな法則がある。

鏃《やじり》に金属が使われている限り、《磁流雲》の磁界を矢が突破することはできない。

「お頭！　六、七も偽装です！」

「敵小隊の反撃を受け始めています、お頭ぁ！」

「八だぁッ！　護衛の魔術師がいる！　〝黄玉〟隊、魔法で潰せっ！」

こちらへ駆けてくる一団の中に、杖を手にする者の姿があった。

その口が、急《せ》いた様子で呪文を詠唱する。

「聳《そび》え座すは黄！　不動なる石巌《せきがん》の精よ、今こそ降り落ちてその怒り鎚と為せっ、巨岩墜《ロックフォール》！」

魔術師のはるか頭上に現れた巨大な岩が、ぼくへと斜めに降ってくる。最初に馬車を潰したやつだろう。

だがそれは――――こちらに届く寸前に、空中であっけなく消失した。

「なんっ⁉　け、結界だと⁉」

「魔法相手は楽でいいなぁ」

こんな初歩の結界でなんでも無効化できちゃうよ。

敵の頭目が焦ったように目を剥き、一団を見回して叫ぶ。

「お前たち、剣を抜けッ！　護衛の魔術師には構うな！　全員でかかって中の目標を……」

その時――――馬車の中から、轟風が吹いた。

それは正面にいた野盗の数人をまとめて弾き飛ばし、敵の集団を一瞬のうちに黙らせる。

「弩弓は打ち止めか？　ったく、ようやく暴れられるぜ」

馬車から出てきたグライが、杖剣をかつぎながら一際大きく声を張り上げる。

「お前らぁ‼　聖皇女を助ける絶好の機会だぞ！　詩人にその武勇を歌われたいやつはいるかぁッ‼」

野盗と剣を交えていた兵たちの中から、勇ましい鬨《とき》の声が上がった。

反対に、敵の気勢は目に見えて削がれていく。

へぇ。ちゃんと隊長らしいこともできるんだな。

「セイカ様」

感心していると、下の馬車からフィオナの声が聞こえてきた。

「敵を生け捕りにはできますか？」

「どれほど」

「多い方が。頭目がいればさらに助かります」

「かしこまりました」

《木の相――蔓縛りの術》

辺り一帯の地面から、緑の蔓が噴出した。

それは敵の全員に巻き付くと、木化して締め上げ拘束していく。

野盗一味が植物に捕らえられる光景を、グライは唖然とした表情で見つめていた。

気勢を上げ、剣戟《けんげき》を交わしていた兵たちも、突然のことに皆呆気にとられている。

戦いの場だった街道は、今やシーンと静まりかえってしまった。

ぼくは、同じく馬車の中で沈黙しているフィオナへと言う。

「どうでしょう。とりあえず、全員捕まえましたが」

◆　◆　◆

「えっ！　や、やや野盗⁉」

「どうりで、さわがしいと思った」

「で、あんたが全員捕まえたわけ？」

「うん」

引き返してきたイーファたちに、ぼくは説明の末、そう言ってうなずいた。

どうやら、彼女らはこの騒動に気づいていなかったらしい。

イーファたちの馬車はかなり前の方を走っていたので、襲撃に気づいた御者が、即座に馬を駆って逃げ出したそうなのだ。

襲撃者たちも、明らかにそこら辺の貸し馬車に乗ったイーファたちは、無関係と思って見逃したんだろう。

一連の流れは式神で見ていたものの、まさか気づいてないとは思わなかったが。

今、ぼくたち一行は馬車を止め、怪我人の治療などを行っているところだった。

光属性使いの治癒士が慌ただしく動き回っている。ただ幸いにも、治せないほどの重傷者はいないようだ。ぼくが出るまでもない。

野盗の方は、縛られた状態で一カ所にまとめられていた。

あれの処遇についても、今フィオナたちが話し合っているところだろう。

イーファが野盗一味の方に恐る恐る目を向けながら言う。

「あ、危なかったね……！　こっち来なくてよかったぁ」

「えー？　なによ、来てたらやっつけてやったのに。でしょ、メイベル？」

「私は、めんどうなのは嫌」

「君らは暢気だなぁ」

こっちは結構緊迫してたのに。

まあ、この子らでも野盗くらいなら蹴散らせるかもな。本来の野盗なら。

「で、でも……軍が護衛についてるのに、襲われることってあるんだね……」

「ん……そうだな」

「そいつらのことはどうするのかしら。全員帝都まで引っ張ってくとか？」

「歩かせるの？　新学期におくれそう」

「いや……たぶん大丈夫だよ」

全員、馬車に詰め込もうと思えば詰め込める。

フィオナの偽装に使っていた馬車は中身が空だし、荷物もかなり余裕を持って積んでいたからだ。

もっとも、それはそれで別の問題があるが。

「セイカ殿」

その時、背後から声をかけられる。

振り返ると、初老の男が立っていた。グライの副官、ローレンは、背筋をピンと伸ばした姿勢でぼくに言う。

「フィオナ殿下がお呼びですぞ」

◆◆◆

「セイカ様。ご足労いただき感謝しますわ」

軍の建てた簡易の天幕の中で、椅子に腰掛けたフィオナがそう言った。

グライや軍の関係者の姿はない。いるのは侍女の一人だけだ。

ぼくはちらと周りを見回しながら言う。

「あの怖い侍女二人はいないようですね」

「あら、やはりわたくしの聖騎士がわかりまして？　今は兵の治療にあたらせていますわ。姉の方は光属性の使い手ですので」

「なるほど」

そう言って、ぼくは侍女の引いてくれた椅子に腰掛ける。

正面に座るフィオナは、あんなことがあったにもかかわらず憔悴した様子もなく、ただにこにこと笑っている。

「ありがとうございます、セイカ様。助かりましたわ――――わたくしへの刺客を、捕らえてくださって」

「ああ、やっぱりそうでしたか」

だと思ったよ。

「お気づきでしたか？」

「誰だって気づきます。弩《いしゆみ》をそろえるほど調った装備で、軍の小隊が護衛する馬車を襲うなんて、普通の野盗じゃありえない」

「うふふふ。一目で見破られてしまうとは、彼らも偽装が甘いですわね」

「どうしようもなかった部分もあると思いますけどね」

ぼくは続けて問いかける。

「彼らを生け捕りにしたのは、政敵への追及が目的ですか？」

「ええ。もっとも、まずはどなたが差し向けたものか突き止めるところから始めなければなりませんが」

「心当たりはないので？」

「さあ……ありすぎてわかりませんわ」

「殿下も苦労されていますね」

「でも大丈夫ですわ。セイカ様が、こんなにたくさん捕まえてくださったんですもの。こんなこと普通ではありえません。帝都まで全員生かして連れ帰れば、きっと誰もが仰天することでしょう。わたくしの政敵も、これで迂闊なことは考えられなくなりますわ。うふふっ」

陶然と微笑むフィオナに、ぼくは少し置いて訊ねる。

「やっぱり、あれを全員帝都まで連れて行くつもりですか？」

「ええ、もちろんですわ。大切に、大切に連れ帰ります。セイカ様からの贈り物ですもの。うふふ」

「……殿下は、この場面が視えていたのでしょうね。だからここまで余分に馬車を用意させた」

「歩かせたのでは死んでしまう者が出るかもしれませんし、何より到着が遅れてしまいますわ。学園の新学期に間に合わなければ、アミュさんたちにも迷惑がかかってしまいます」

「お気遣いはありがたいのですが……全員を連行するのはやめた方がいいと思いますよ。頭目と数人を除き、ここに縛ったまま捨て置いて行くべきです」

「あら。どうして？」

「万一拘束が解かれ、反乱を起こされたらどうします。こちらの方が多勢ではありますが、覆せないほどの差じゃない。下手すれば全滅もありえるでしょう。手足の腱を切っておく手もありますが……」

「うふふ、そんなことをする必要はありませんわ。彼らは大人しいはずです……自分たちが動くよりも、逃げる機会を待つ方が確実なのですから」

「逃げる機会……？」

「次の襲撃、とも言いますわね」

ぼくは、思わず眉をひそめる。

「別動隊がいるということですか……？　それなら、ますます危険では？　次の襲撃がありうる中で、内にも脅威を抱えるというのは……」

「いいえ……次の襲撃は、ありませんわ。もう一方の傭兵団は来ません」

「なぜ断言できるのです。未来視は、そこまで便利な力ではないはずだ。未来は変わりうるのだから」

「いいえ、セイカ様。運命には、蝶の羽ばたき程度では覆せない、暴風のごとき流れがあります。これは――――彼らの定め」

フィオナは、遠くを見つめるようにして言った。

「その未来は、来ないのです」

## 磁流雲の術

レンツの法則を利用した矢避けの術。陽の気で生み出した磁界内に矢が侵入すると、鏃の金属部に渦電流と呼ばれる特殊な誘導電流が生じ、鏃自体が磁場を生むようになる。この磁場は、必ず最初の磁界と反発する形で発生するため、矢は磁界の発生源から逸れるように飛んでいく。これはレンツの法則と呼ばれるもので、現代では鉄道車両のブレーキシステムなどに利用されている。

# 幕間　ハウザール傭兵団長、森にて

chapter 1

それは、襲撃から数日を遡る日の出来事。

ハウザール傭兵団の団長、ハウザールには夢があった。

野盗まがいの行いに手を染めるしかなかったあの頃から、五年。

同じような冒険者崩れだった仲間を集めて傭兵団を名乗り、野盗の一団を退治したり、モンスターから村を守ったりを繰り返しては、コツコツと装備を調え、仲間を集めてきた。

そして少しずつ名が知れてきた今、突然に大きな仕事が舞い込んだ。

大元を辿られぬよう幾人もの仲介者を挟んでもたらされた依頼、それは――聖皇女の暗殺。

ためらいがなかったわけではない。これでも、できるだけ人を助けるような仕事を取ろうと心がけてきた。

しかし今回は、その報酬額に心動かされた。

前金だけでも、かなり上等な装備をそろえられた。もう一つ、別の傭兵団にも依頼がなされているらしいが、そちらに先んじることができれば報酬の満額が手に入る。その暁には、実力のある冒険者や騎士だって引き入れられるだろう。

そして傭兵団としての力量が上がれば、高い身分の依頼主から来る割の良い仕事だって受けられるようになる。

そうやって実績を積んでいけば――――いずれは、これから発展しそうな街へ交渉し、衛兵兼警邏《けいら》隊である騎士団として正式に雇ってもらうことだって、可能になるはずだ。

そうなれば、もう流浪の生活を送る必要はない。

怪しい流れ者の集団ではなく、街の一員として、仲間たちと共に残りの人生を穏やかに送ることができる。

いつまでかかるか知れない、それどころか叶うかも怪しかったハウザールの夢が、現実味を帯びて手の届きそうなところまで来ていた。

つい、先ほどまでは。

今――――その夢は、潰《つい》えた。

帝都へ延びる街道からほど近い森の中で、ハウザールは背を濡らす冷たい汗を感じながら、終わりの光景を眺めていた。

「むぅ、人の戦士は脆《ぜい》なるものよ。喰うにはいいが、力比べには退屈すぎる」

血に塗れた棍棒を手につまらなそうに呟くのは、人間をはるかに超える体躯を持つ、赤銅色の肌の鬼人《オーガ》。

その前に倒れているのは、かつてハウザールの仲間だった者たちだ。

頭を潰されている者、胴が真横にへし折れている者、あるいは、胸が足形に陥没している者……。

かつての仲間は、今や人の膂力では為し得ないような死体となって、地面に転がっている。

ありえない死体は、他にもあった。

仲間の数人は、今や石像と化して森に佇んでいた。比喩ではない。皮膚も髪も眼球すらも灰色に硬化し、衣服や武器だけが、冗談のように元の色彩を保っている。

「お魚さん、なに食べてるの……ムニャ……それ、お星さまだよ……スゥ」

その向こうでは、小柄な女が体を丸めるようにして、闇属性魔法で浮遊していた。

森にそぐわないひらひらした服装に、長く揺らめく朽葉色の髪。口からこぼれる言葉は支離滅裂で、一切の意味がない。その両目は閉じられ、眠っているようにも見える。

だが、その額に開いた第三の眼――――仲間を石に変えた赤い邪眼だけは、ギョロギョロと蠢《うごめ》いて周囲を見回している。

邪眼の民である三眼《トライア》としても、それは異様な風貌と力だった。

中にはまだ、息のある者もいる。

しかし、彼らが助からないことははっきりしていた。

呻き声を上げる仲間の体を、二頭のシャドーウルフが引っ張って遊んでいる。

鋭い牙を持ち、影に潜む能力を持つ剣呑《けんのん》なモンスター。その群れの中心に座り込んで笑っているのは、焦げ茶色の毛並みに長い耳を持つ、小さな獣人族の少年だ。

「あははっ、ディーもテスも元気だなぁ！　……ん、それくれるの？　ありがとう！　君は良い子だね」

傍らのミノタウロスに人間の死体を差し出され、兎人の少年が嬉しそうにお礼を言う。

そのミノタウロスは、仲間の調教師《テイマー》が手なずけていたモンスターだった。

今差し出しているのは、自らがくびり殺したかつての主人だ。

ミノタウロスの突然の裏切りに、仲間の調教師《テイマー》は驚いた表情のまま死んでいた。

他人のモンスターすらも瞬く間にテイムし、従えてしまう――兎人の少年のそれは、もはや技とも呼べない、調教師《テイマー》としての天賦の才だった。

右方に目を向けると、仲間が火を噴いていた。

口や鼻、眼球の焼け落ちた眼窩《がんか》から、橙《だいだい》色の炎が噴き出している。

仲間はしばらく生きてよろよろと歩いていたが、やがて胴からも腹を破るようにして火の手が上がると、膝から崩れ落ちるように倒れた。

その近くで忌々しげに舌打ちをするのは、黒い悪魔の男。

「チッ、もう死んじまった。とんだ計算違いだ……炎が強すぎた。転移させた位置もよくねぇ……クソッ、まだまだ精度が甘すぎる！　こんなんじゃ、いつまで経っても兄上になんておよばねぇ……！」

黒い毛並みに、山羊《やぎ》のごとき巻き角を持った悪魔族の男が、表情を歪ませて吐き捨てる。

魔法の火を転移させ、対象を内部から焼く。

逸脱した技量で仲間を次々に焼死体へと変えた悪魔は、ただひたすらに自らの未熟さを憤っている。

「どうして……」

ハウザールは虚ろに呟く。

「どうして、魔族が……こんな場所にいるんだ……それも、こんな……異常な連中が……」

「貴様が頭目か」

正面に立つ一人の魔族が、ハウザールへと問いかけた。

そして、ああ、この男だ。

黒い髪に黒い目。姿形は人間に似通っているものの、死人のごとく白い肌には、入れ墨のような黒い線が走っている。

「神魔が……なぜ、ここに……」

「答えろ。この森に兵を伏せていたのは、どのような目的があってのことだ」

奈落のような瞳に射すくめられる。

ハウザールにはもはや、正直に答える以外の道がない。

「聖皇女の、暗殺だ……この先で待ち構える、はずだった……」

「ふむ……人間の政争か。ならば、我々とは無関係だったか」

「心配して損したねー、隊長」

「仕方ないっスよ。こんなとこに謎に兵がいたら誰だって警戒しますって」

「ムニャ……紛らわしい……」

兎人に悪魔、三眼《トライア》が口々に話す。

「ガハハハ！　予期せず補給ができたのだ、かえって良かろう！　しかしな、ゾルムネムよ」

豪快に笑っていた鬼人《オーガ》が、一転してとがめるように言う。

「その人間の男も、戦士であるのだぞ。それも頭目だ。あまりにも不用意に近づきすぎではないか？」

「えー？　隊長が人間なんかに負けないよ。なんか怖じ気づいてるみたいだし、どうせ雑魚なんじゃない？」

「いや……この者は、弱くはない」

ゾルムネムと呼ばれた神魔族の男が、その暗闇のような眼《まなこ》でハウザールを視る。

そして仲間にも聞こえないほどの小さな声で、独り言のように呟く。

「【Ｌｖ《レベル》】の割りに能力値が高い。特に【ＨＰ】【耐久】が優れている。何より、金運と扇動の【スキル】が珍しい。傭兵団の頭目としては非常に有用なものだ……貴様の『ステータス』は、決して悪くない」

「は……はは……」

ハウザールには、この神魔族の男が何を言っているのか、まったくわからなかった。

ただ言葉尻だけで称賛されたことを感じ取り、引きつった笑いを浮かべる。

「あ、ありが……」

その首が飛んだ。

地面に転がったハウザールの視界には、自分の首から下の体が、一瞬で炎に巻かれる光景が映っていた。

剣線すら見えないほどの剣技に、完全無詠唱の魔法。

血と共に意識が流れ出ていく中、ハウザールが最期に聞いたのは、宝剣を提げたゾルムネムの冷たい呟きだった。

「――だが、私とは比ぶべくもない」

## 幕間　神魔ゾルムネム、森にて

chapter I

帝国の街道からほど近い森で、ゾルムネムは思量にふけっていた。

つい先ほど滅ぼした傭兵団の骸《むくろ》は、ロ・ニの使うモンスターと、ムデレヴの食糧となっている。

「うむ、やはり人はいい。この肉を喰らっている時だけは、この旅も悪くないと思えてくるほどよ。ガハハハ！」

腿の骨を投げ捨てながら、鬼人《オーガ》の重戦士、ムデレヴが豪快に笑う。

鬼人《オーガ》族有数の武人であっても、さすがにこの旅は堪えたのだろうか。なんとなく、そのようなことを考える。

ゾルムネムは、ムデレヴを視る。

【名前】ムデレヴ　【Lv】81
【種族】鬼人《オーガ》　【職種】重戦士
【ＨＰ】１８４２３／１８４２３
【ＭＰ】４９０６／４９０６
【筋力】１５１０　【耐久】１３０１　【敏捷】５８８　【魔力】４５１
【スキル】

棍術Ｌｖ７　体術Ｌｖ６　全属性耐性Ｌｖ５　状態異常耐性Ｌｖ３　ＨＰ強化Ｌｖ５　筋力強化Ｌｖ７　耐久強化Ｌｖ６

「ねー、隊長。この子連れてってもいい？」

兎人の調教師《テイマー》、ロ・ニが、先ほどテイムしたミノタウロスの陰から顔を出して訊ねた。

ゾルムネムは首を振って答える。

「駄目だ、目立ちすぎる。戦力としてもお前のモンスターには及ばない。無駄な荷物だ」

「……はぁい。じゃあ――ミーデ！　食べていいよ」

ロ・ニの呼びかけに、一呼吸置いて。

突如地中から巨大な亜竜、ワームが姿を現し、その長い体を反転させてミノタウロスを真上から一呑みにした。

ワームがミノタウロスを嚥下《えんげ》する様子を、ロ・ニは目を細めて眺めている。

「おいしい？」

ミーデという名のこのワームも、ロ・ニの使うモンスターの一匹だ。兎人の少年は、自らのモンスターすべてに名前を付けていた。

ゾルムネムは、ロ・ニを視る。

**【名前】ロ・ニ　【Ｌｖ】38**

【種族】獣人　【職種】調教師《テイマー》
【HP】2970／2970
【MP】2158／2158
【筋力】253　【耐久】198　【敏捷】922　【魔力】360
【スキル】
獣使いLvMAX

「ムニャ……おなかいっぱい……」

その近くでは、三眼《トライア》族の邪眼使い、ピリスラリアがまどろみの中浮遊していた。

彼女がはっきりと目を覚ますのは、食事時など限られた時だけだ。

先ほども、傭兵団の残した食糧を少し食べた後、またすぐに眠ってしまった。

当たり前だが、三眼《トライア》の民すべてが彼女のような生活を送るわけではない。

ピリスラリアのこの特性は、種族にあっても強すぎる邪眼の力に因るものではないかと、ゾルムネムは考えていた。

ゾルムネムは、ピリスラリアを視る。

【名前】ピリスラリア　【Lv】46
【種族】三眼《トライア》　【職種】呪術師

【ＨＰ】５２３６／５２３６
【ＭＰ】２５４８６／２７６４４
【筋力】１５０　【耐久】１８１　【敏捷】２４７　【魔力】１７２３
【スキル】
闇属性魔法Ｌｖ４　邪眼ＬｖＭＡＸ　邪眼強化Ｌｖ７

「あの」

　声に顔を上げると、黒い悪魔族の若者ガル・ガニスが、食糧を手に立っていた。

「ゾルさんも、なんか食ってください。さっきからずっとそうしてるじゃないっスか」

「すまない。だが、私はまだ大丈夫だ。先の戦闘でも、皆のおかげで負担が少なかった」

「……そうっスか。でも無理だけはしないでくださいよ」

　気遣うようにそう言って、ガル・ガニスは干し肉を食いちぎる。

　気持ちの良い若者だ。ゾルムネムはそう思う。

　ガル・ガニスは悪魔族の〝黒〟の一族の中で、今や次の族長にと期待されるほどの人物だ。お前の兄は勇者に討たれたのだ……などと言って復讐をそそのかし、旅の仲間に引き込んだことは間違いだったかもしれないと、時折考えてしまう。

　ゾルムネムは、ガル・ガニスを視る。

【名前】ガル・ガニス　【Lv】66
【種族】悪魔　【職種】魔術師
【HP】10011／10011
【MP】21060／22948
【筋力】700　【耐久】589　【敏捷】692　【魔力】1213
【スキル】
火属性魔法Lv9　土属性魔法Lv2　闇属性魔法Lv9　魔力強化Lv3

皆、強くなった。

ゾルムネムはそう思う。

それは、【Lv《レベル》】や能力値に限った話ではない。この【スキル】でも見通すことのない要素は確かに存在し、それこそが何よりも大切なのだと……ゾルムネムは、旅を通して感じていた。

最後に、ゾルムネムは自分を視る。

【名前】ゾルムネム　【Lv】88
【種族】神魔　【職種】魔法剣士
【HP】14307／14307
【MP】33211／33473

【筋力】１５５０　【耐久】１０３５　【敏捷】１４１１　【魔力】１５９３
【スキル】
剣術Ｌｖ９　体術Ｌｖ７　火属性魔法Ｌｖ５　水属性魔法Ｌｖ８　風属性魔法Ｌｖ６　土属性魔法Ｌｖ２　光属性魔法Ｌｖ９　闇属性魔法Ｌｖ６　全属性耐性Ｌｖ４　ステータス鑑定Ｌｖ４

ゾルムネムは思量する。

自分以外に持つ者のいないこのステータス鑑定という【スキル】は……いや、そもそも『ステータス』とは、いったい何なのだろうか。

本人すらも知り得ない事実が、なぜ自分の目には視えるのだろうか。

この情報は、果たして誰の手によって整えられたものなのか――。

ゾルムネムは静かに目を閉じ、疑問を追い払った。

幼い頃にさんざん思い悩み、未だ仲間にすら話していないこの力のことも、今となってはどうでもいい。

「皆、補給はこれで最後となる」

パーティーメンバーは各々の手を止め、リーダーへと目を向けた。

「目的の地は近い。そして、この旅の終焉も」

静かに耳を傾けるパーティーメンバーに、ゾルムネムは続ける。

「厳しい旅だった。これまで帝国に追われることなく、誰一人欠けることなく、ここまで辿り着けたのは幸運だったと言えよう。我々はこの先目的の地で、旅の目的を果たさなければならない。無論、勝算はある。だが絶対ではない。これまで以上の困難が待ち受けていることは、皆も覚悟していよう」

メンバーの間に、重い沈黙が降りる。

決して、楽な旅ではなかった。

ゾルムネムは知っていた。

ムデレヴが、故郷に残してきた妻子をずっと案じていたことを。人間を手にかけた際、親子の骸からだけは、そっと目を逸らしていたことを。

残酷に見えるロ・ニが、その実自らのモンスターをとても大事にしていたことを。シャドーウルフの一頭が死んだ際、たった一人で墓穴を掘って埋葬し、長い間その場に佇んでいたことを。

邪眼の負荷のためか、ピリスラリアの目覚めていられる時間がどんどん短くなっていたことを。そのことを皆に気遣わせないよう、彼女がなんでもないように振る舞っていたことを。

ガル・ガニスが、本当は兄の復讐など望んでいなかったことを。亡き兄の代わりに、〝黒〟の同胞たちの期待に応えたがっていたことを。それでも魔族の未来のため、ゾルムネムの話に乗ったふりをしてくれていたことを。

この先に待つのは、さらなる困難だ。

だが――――ゾルムネムは言う。

「しかし……しかしだ。私はあえて、この旅をより困難なものとしたい。目的のさらに先に、新たな目標を定めたい。皆でならば、きっと為し得ると信じているからだ」

それはいつか言おうと、決めていたことだった。

「魔族の未来のために、勇者を倒す。そして――――」

勇者は生まれた。

だが、魔王は未だ生まれていない。

この非対称性は、必ず戦乱の世を招く。

無論それは、魔族側が劣勢に立たされる形でだ。

だから、勇者を倒さねばならない。

自分の持つステータス鑑定の【スキル】ならば、おそらく勇者を視ればそれとわかるだろう。

影武者に惑わされない自分が、各々の種族から腕の立つ仲間を集め、発つしかないと思った。

勇者打倒は魔族の悲願だ。

だが――――それだけでは、あまりに寂しい。

だから、ゾルムネムは続ける。

「そして皆で……故郷へ帰ろう」

それがどれだけの困難が伴うことなのか、ゾルムネムは理解していた。

勇者が討たれたことが知れれば、無論、ゾルムネムらは追われる立場となる。

少数精鋭であるこのパーティーも、早馬の速度には敵わない。補給のために立ち寄った村で軍に待ち構えられたり、休息の場所を包囲されでもすれば、簡単に窮地に陥ることは明白だった。

皆も、当然それは理解している。

この旅は、初めから死地へと向かうものだった。

「ガハハハッ！　何を言い出すかと思えば！　帰らずにどうするのだ、この地で暮らすというのか？」

ムデレヴの豪快な笑い声に、メンバーの全員が続く。

「んぅ……お布団で、ゆっくり寝たい……スゥ」

「僕、作物の種を持って帰るんだ。村のみんなにもこれ食べさせてあげたいから」

「オレは自分の武勇を語りたいっスね。ちゃんと、兄上の仇を取ったんだって」

朗らかに言い合う仲間たちに、ゾルムネムは思う。

厳しい旅だった。だが決して――悪いものでは、なかった。

重戦士のムデレヴ。

呪術師のピリスラリア。

調教師《テイマー》のロ・ニ。

魔術師のガル・ガニス。

そして、魔法剣士のゾルムネム。

この素晴らしいパーティーで過ごした日々は、充実したものだった。

そう、これは。

勇者という強大な敵に仲間と立ち向かう、冒険の旅でもあったのだ。

「必ず、皆で正義を果たそう」

ゾルムネムは、仲間へと呼びかける。

「魔族と、我々自身の未来のために」

# 第二章　其の一　chapter II

数日間の旅程を終え、フィオナの一行は無事、帝都にまでたどり着いた。

「皆さん。短い間でしたが、とても楽しかったですわ」

帝都の巨大な城門前で、笑顔のフィオナがぼくらへと言う。

昼間に外からの馬車が入城できない決まりは皇女であっても守らなければならないようで、ぼくらは全員、長く乗ってきた馬車を城門の手前で降りていた。

これからフィオナは中で別の馬車に乗り換え、宮廷を抱える帝城へと向かう手はずとなっている。街の宿で一泊し、明日の朝ロドネアへと発つぼくらとはここでお別れだ。

ぼくは、手を縛られ連行される刺客たちを見やりながら言う。

「……本当に、襲撃はありませんでしたね」

「うふふ。言った通りだったでしょう？」

にこにこと言うフィオナに、ぼくはうなずく。

襲撃の気配もなく、刺客たちも大人しく、道中は平和なものだった。

ぼくは、彼らのせいでやや混雑している城門の方へと目をやる。

「しかしながら、人数が多いだけあって入城には手間取っているみたいですね。帝都は警備も厳重なようで」

「普段はここまでではないのですが……今は少々、宮廷がピリピリしていまして」

「宮廷が？　なぜこのような何もない時期に」

「さあ……なぜでしょう？　わたくしにはわかりませんわ」

意味ありげな微笑を浮かべた後、フィオナはやや名残惜しそうに言う。

「本当は皆さんを宮廷にお招きできればよかったのですが、そのような都合で少し難しくて……見たかったですか？　帝城」

「見たかったわね。帝城の中に入れたなんて、きっと一生の自慢になったわ」

「もう、アミュちゃん……えへへ、大丈夫ですよ。殿下も、これからいろいろお忙しいでしょうし」

「高級宿とってもらえたから、いい」

女性陣がわいわいと話す。

彼女らは、実はランプローグ領滞在中にはもうかなり仲良くなっていた。女というのは社交性高いな。

「うふふふ。わたくしは、こうして年の近い人と話すことがこれまであまりなくて……楽しかったですわ。本当です。きっと、また……」

そこでフィオナは、わずかに痛みをこらえるような微笑を、アミュへと向けた。

「お招きする機会も、あることでしょう」

「――――おーいっ、殿下。こっちは済んだぞ」

声に顔を向けると、グライが馬を引いてきたところだった。

副官のローレンに引き継ぎを終え、自らの部下たちに別れを告げてきたのだろうか。

この次兄とも、ここでお別れだ。果たして次に会うのはいつになることか。

「ふん。じゃあな、セイカ」

吐き捨てるように言うグライへ、ぼくは適当に答える。

「元気でね、グライ兄。せいぜいがんばって強くなるといいよ」

「けっ、偉そうに言いやがって……おいガキんちょ！」

「……なによ。そのガキんちょっていうのやめなさいよ」

「鍛錬を怠るなよ。実戦剣に頼り切らず型を意識しろ。お前には才能があるんだからな」

「な……い、言われなくてもやるわよ！」

ムキになって言い返すアミュに、ぼくは思う。

あんな出会いだった割りに、この二人も仲良くなったなぁ……いやなってないか？　よくわからない。

「さて……そろそろ行かねばなりません」

フィオナが、城門を振り仰いで言った。

ぼくは笑ってそれに答える。

「どうかお元気で。ここまでお供できて光栄でしたよ」

「まあ、お供だなんて……わたくしは、友人になれたと思っていたのですけれど」

「じゃあ、それでいいです」

「……ランプローグ家の子息は兄弟そろってわたくしの扱いが雑ですわね。落とし子のようなものとはいえ、わたくしはこれでも現皇帝の実子である皇女なのですが」

「すみません。長兄だけはまともなので」

「うふふっ」

フィオナは少し笑って……それから、静かにぼくへと歩み寄った。

「セイカ様」

そして微笑のまま、真剣な声音で言う。

「わたくしは――あなたの味方です。本当に……本当です。それだけは忘れないで」

「……？　は、はい」

「うふふふ……それでは」

背を向けたフィオナが、侍女やグライたちと共に城門へと去って行く。

言い残した言葉の意味を考えるが、よくわからない。

味方が必要なのは、どちらかというとフィオナの方じゃないか？　うーん、最後まで不思議な人だったな。

「あ、メイベルちゃん……お兄さんのお墓、寄る？」

「あしたの朝、行こうと思ってた」

「じゃあ、お花用意しようね」

「運がよければ市場で買えるんじゃないかしら。早くした方がいいと思うけど。ほらセイカ、行くわよ」

「あ、ああ」

ぼくは短く答え、彼女らに続く。

◆　◆　◆

街の上等な宿で一泊し、翌朝には予定通りに帝都を出立した。

東へ延びる街道を馬車で揺られながら、二日。

ぼくたちは、およそ一月ぶりに学園都市ロドネアへと帰ってきた。

もうすっかり、学園寮が帰ってくる場所という感覚になっていることに自分で驚く。まだたったの二年しか暮らしてないけど、いろいろあったからなぁ。

春休みは残すところ、あと数日。

今年の入学式も目前に迫ってきている。

学園が少々慌ただしくなっている中、メイベルに勉強を教えたり、街へ買い物に出たりしながら過ごしていたある日――――ぼくは、唐突に学園長に呼び出された。

「そう身構えなくていいさ。大した用事じゃあない」

学園本棟最上階の学園長室で、矮人《ドワーフ》の老婆がそう言った。

とはいえ。

学園長はアミュの正体と、ぼくの力の一端を知る人物だ。身構えない理由がない。

表情を崩さないぼくに、学園長はやや呆れつつ口火を切る。

「総代をやってみないかい」

「……？　総代、ですか？」

「毎年入学式で挨拶をする在校生がいただろう。あれだよ。初等部の総代だ」

「どうしてぼくに」

「間抜けな質問だねぇ。単に成績がいいからに決まっているじゃないか」

「……用事って、それだけですか？」

「何を期待していたのか知らないが、それだけだよ。お前さんは学生なんだ。アタシが学生に用なんて、総代を選ぶ時か、除籍を言い渡す時くらいなものさ。普段はね」

「そう、ですか……」

「別に辞退しても構わないよ。その時はお前さんの従者か、他の生徒にでも頼むとするかね。誰でもいいのさ、総代なんてものは」

どうでもよさそうに、学園長は言う。

実際、勇者や魔族や、帝国の未来などという事柄に比べれば、まったく大したことじゃない。

なんだか拍子抜けだった。

ぼくは少し置いて答える。

「お引き受けしますよ」

「ほう。意外だね、てっきり断るかと思ったが……。おや？　くっく。なんだか一年前にも似たような台詞を吐いた気がするねぇ」

「ぼくでよければ、それくらいはしますよ。たぶん、名誉なことなのでしょうし」

「くっく。ああ、そうとも」

　くつくつと笑いながら、学園長が言う。

「普通の学生にとっては、名誉なことさ。経歴に箔が付き、官吏への登用にも有利になる。お前さんがそのようなものに頓着するとは思わないが……黙って受けておけばいい。それが、普通の学生というものさ」

「ええ」

　ぼくは目を伏せて答える。

「そうなのでしょうね」

◆　◆　◆

「セイカさま、よろしかったのですか？　総代など引き受けてしまって」

　学園本棟から出た時、ユキがそう問いかけてきた。

　日はまだ高い時分だが、灰色の雲が空を覆っていて、少し暗い。

「ああ。いいんだよ」

「なにゆえ？　また目立つことになってしまいますが」

不思議そうなユキに、ぼくは軽く笑って答える。

「こんなものは目立つうちに入らないよ。帝都の武術大会と一緒さ。権力者に目を付けられるような常ならざる強者は、学園の総代なんて普通の経歴は持たない。もっと数奇な半生をたどるものだ。そう、たとえば……孤児から呪《まじな》いの力を見込まれて拾われ、兄弟子や師匠を殺して成り上がった挙げ句に失踪し、国外で放浪生活を送った後に、国へ帰って弟子を育てるようになる、みたいなね」

黙り込むユキに、ぼくは続ける。

「それに、最近は……もっと、普通にしていればよかったんじゃないかと思うんだ」

「普通に、でございますか……？」

「常ならざる力を振るう機会なんて、普通に生きていればそう訪れるものじゃない。ぼくは……前世であんな死に方をしたせいで、少し臆病になっていたみたいだ。自分の代わりに最強になってくれる者なんて、わざわざ探す必要はなかったんじゃないかと思うよ。勇者や魔王なんて事情に、無闇に関わることはなかった。学園に来なくても、流れの術士でもやりながら、穏やかに暮らす道もあったかもしれない」

「……」

「別に、あの子らに出会えたことを後悔しているわけじゃないよ。学園はいい場所だ。いずれ始まる冒険者の生活にも興味がある。今さら方針を変えるつもりはない。ただ……これからは、もっと普通にしていようと思うんだ。目立つことに神経質になるのではなく、もっと普通の人間のようにね」

「……ならば、セイカさまは」

ユキが、静かに問う。

「今迫る敵に対しても、立ち向かうのではなく……普通の人間のように、逃げるおつもりなのですか」

「ああ、なんだ。お前も気づいていたか」

ぼくは穏やかに言う。

今はまだ街の外にいるようだが、襲撃の時は、おそらく近い。

「あれはなんとかするよ。入学式で挨拶することになったしね。入学式自体がなくなっては、それを果たせなくなってしまう」

「……セイカさまは、気づいておられないのですか。ご自分のおっしゃっている矛盾に……普通の人間は、そのようなことはできないのですよ」

険しい声音のユキに、ぼくは苦笑しながら答える。

「仕方ないだろう、もう関わってしまったんだ。今さら無視もできない。それに――――ぼくには容易いことだ。なに、誰の仕業かわからなければ問題ないさ」

「セイカさま……」

「ユキ、ぼくから離れるなよ。これから少々、慌ただしくなる」

ぼくは、一枚のヒトガタを浮かべる。

これが、総代としての最初の仕事ということになるだろうか。

《召命――……》

# 幕間　神魔ゾルムネム、ロドネアにて

chapter III

空に夕闇が落ちる、わずかに手前の時分。

ゾルムネムは、目前にそびえるロドネアの城壁を見上げた。

ここは、ただの一都市に過ぎない。

魔法を学ぶ人間が少し多くいるだけで、強大なモンスターを狩る冒険者や、帝国軍の精鋭が常駐しているわけでもない。

勇者も、まだ子供であるはずだ。

強者を集めたこのパーティーの脅威になる者はいない。

だからこの恐怖は――――おそらく、重圧によるものだろう。

いよいよ旅の目的を果たす時が来たのだ。

自分にもこのような感情があったことを、ゾルムネムは長らく忘れていた。

手はずは、すでに全員が把握している。

学園の四方から生徒を追い込み、中央の本棟付近で合流した後、そのまま更なる殺戮《さつりく》を行う。

勇者らしき者を見つけた場合、その時点で各人が専用の魔道具で合図を送る。見つけられなくとも、騒動が起これば武勇に優れる者をおびき出せるだろう。

あまりに不確かな作戦ではあるが、仕方がない。勇者はわかりやすく玉座に座してくれているわけではないのだ、かつての魔王と違って。

諜報《ちょうほう》の術《すべ》があればと、ゾルムネムは思う。

情報が重要なのは理解していたが、必要な人員を確保できなかった。

ただロドネアと学園の地図だけは、出入りしている商人を何人か捕まえて描かせ、照らし合わせることで信頼できるものを作った。これを元に、ガル・ガニスの転移魔法で、各々を予定の場所へと送り込む。

商人の荷や、彼ら自身が予定にない補給となったことは僥倖《ぎょうこう》と言えるだろう。

後は、成否を天運に委ねるだけだ。

「僕、なんだかうまくいくような気がしてきたよ」

緊張による沈黙を、ロ・ニが破った。

「ディーたちやミーデもやる気満々だし、それに……僕たちなら、誰にも負けないよ」

「うむ、よい心持ちであるな」

ムデレヴが兎人の言葉に続く。

「心をこそ堅《けん》に保つ。大事を為すには必要なことよ。心が脆なれば、武に限らず何事もうまくいかぬでなぁ」

「ムニャ……それ、六回は聞いた……」

「もうみんなわかってるッスよ」

ゾルムネムは、口元に小さく笑みを浮かべた。

きっと、成し遂げられるだろう。このパーティーならば――――。

「行こう」

神魔の男が、仲間たちに告げる。

それから数瞬後。

魔族たちの姿は、魔法陣の残光と共にかき消えた。

◆　◆　◆

魔法学園の西端へと転移したガル・ガニスは、二つのことを覚った。

一つは、自分を含めた全員の転移が成功したこと。

そしてもう一つは、この予定外の霧だ。

城壁の外からはまったくその気配がなかったにもかかわらず――――魔法学園は、濃い霧に覆われていた。

気象に明るくないガル・ガニスでも、夕暮れ時の霧が、極めて希《まれ》な現象であることは理解していた。それも城壁の中だけという狭い範囲で、このような濃霧など聞いたこともない。

道に迷いそうなほどだ。

だがこの程度の問題で、今さら計画は変えられない。

「チッ……」

ガル・ガニスが、空中に無数の炎を生み出した。

その周りだけ、わずかに霧が薄くなる。

気温が上がれば霧は晴れる。だがさすがに、魔法で生み出す程度の炎では焼け石に水だった。

この辺りは建物もまばらで、火を付けたところで延焼が狙えない。炎は、せいぜいが光源程度にしかならなかった。

しかしそれでも、ないよりはマシだ。少なくとも周囲の様子はわかるようになる。

驚いたことに、付近には人間の気配があった。

道を歩く者。立ち止まって談笑を交わす者。

ここの生徒だろうか。この霧に動じている様子もない。ひょっとすると、彼らにとってはありふれた現象なのか。

ガル・ガニスは舌打ちをする。

「チッ、平和ボケしてやがる……悪く思うなよ」

無茶な言い草だと、自分でも思った。

悪く思わないわけがない。何の咎《とが》もなく突然に殺される運命を、誰が呪わずにいられるだろう。

今さらすぎる感傷だ。

兄が果たせなかった使命を継ぎ、勇者を倒して魔族の未来を救うと決めた時、すでに恨まれる覚悟はできていた。

それに、この場所は――――敬愛する兄の斃れた地なのだ。

自分にも復讐の道理がある。

ガル・ガニスは、談笑する一人の女子生徒を狙い、炎の一つを転移させた。

それは肺と心臓を灼き、口から火の粉を散らしながら、わずかな時間でその命を奪う――

はずだった。

だが。

「あぁ……？　なんだ、これは」

◆◆◆

ロ・ニとピリスラリアが転移したのは、魔法学園の南端だった。

「うまくいったみたいだね。でも……すごい霧だな」

「ムニャ……」

兎人の少年が、続けて明るく言う。

「ま、これくらい全然平気だけどね」

ロ・ニは獣人の特性として、極めて優れた方位感覚を持っていた。

この程度の視界不良は問題にならない。

「ロ・ニ君、頼りになるね……」

「ピリスラリア？　起きてるの？」

「うん……」

背後を振り返ったロ・ニに、両の目を薄く開けたピリスラリアがうなずく。

彼女がなんでもない時に起きているのは、珍しいことだった。

きっとまた、すぐにまどろみへと戻るだろう。それでも戦闘はきちんとこなすから、どうなっているのかとロ・ニは思う。

「でもなんだい？　君が僕を誉めるなんてさ」

「ロ・ニ君は……強くなったよ……」

「僕が……？　何言ってるんだよ」

兎人の少年は苦笑いを浮かべる。

「僕は変わってないよ。がんばっているのはディーやミーデたちだし、僕自身は、今でもみんなの中で一番弱いままだ」

「ううん……ロ・ニ君は、強くなった……もう、わたしより、強いと思う……」

ロ・ニとピリスラリアが組まされたのには、理由がある。

ロ・ニは多数のモンスターを扱える一方で、それ以上の強さを持つ敵には為す術がない。ピリスラリアの邪眼は強力だが、極端な能力ゆえに弱点も多い。

だから、互いに補い合う必要があった。

異様な精度で転移と炎の魔法を操るガル・ガニスや、圧倒的な武を持つムデレヴ、そして魔法も剣も極めたゾルムネムに比べると、二人は弱かった。

しかし、それでも。

ピリスラリアは、呟くように続ける。

「モンスターの使い方が、上手になったし……心の方も……」

「あはは、そう？　でも心は多少、マシにはなったかな。僕、村じゃ一番の使い手だったんだ。誰にも負けないと思ってた。だけど隊長やムデレヴに会って、旅に出ていろんなことがあって……性根を叩き直された気分だよ」

初めはそれを認められずに、よくピリスラリアに食ってかかっていた。

彼女にだけは負けていない、パーティー最弱では決してないと、よく敵愾心を燃やしていたことを覚えている。

結局、それも間違いだったが。

「わたしも……すこし、自信を持てるように……なった」

「君が？　君だって、故郷では一番の使い手だっただろう？」

ピリスラリアが、ゆっくりと首を振った。

「こんな力……平和な場所では、なんの役にも立たない……いつも眠ってるわたしは……みんなに、迷惑ばかり……かけてた」

「……」

「でも……今日でやっと、胸を張れる、気がする……お父さんとお母さんに、早く言いたい……勇者を……倒したんだ、って」

「……そうだね。じゃあ……早く済ませようか」

ロ・ニの影が大きく広がり、シャドーウルフの群れが次々に地上へと現れる。

すぐ先に、複数の人の気配があることはわかっていた。

おそらくは、この学園の生徒だろう。

「いけっ、みんな！」

シャドーウルフが疾駆《しっく》し――人影に襲いかかった。

このモンスターは、等級の高い冒険者でも苦戦する。素人ではとても太刀打ちできない。

これは始まりだ。狼の群れは、人の集団など容易に追い込んでいく。

だが――ロ・ニは、違和感を覚えた。

霧のせいで様子がわからないが、妙だ。上がるはずの悲鳴が聞こえない。

シャドーウルフたちも戸惑っているように見える。

「っ、なんだ……？　戻れ！」

やがて、シャドーウルフたちが戻ってくる。

その口に咥えられている物を見て、ロ・ニは目を眇《すが》めた。

「これは……？」

◆◆◆

魔法学園の東端に転移したムデレヴは、周囲の景色を見回して、まず呟いた。

「うむ、霧が濃い。だがなんとかなるであろう」

あやふやな言葉とは裏腹に、足取りに迷いはない。

周囲の景色すら不確かな中で、行く先を決めるのはただの勘だ。

だがムデレヴは、その戦士の勘をこそ大事にしていた。これまでの経験から、それは信頼のおけるものだった。

付近に、人の気配はない。

ムデレヴの担当した東端は研究棟の並ぶ区画だったが、自身の勘では、建物の中にも人間がいるようには思えなかった。ひょっとするとこの場所は、普段はあまり使われていないのだろうか。

「それはそれで良いが……ちと困ったな」

ムデレヴも、無闇に人間を殺めたいわけではなかった。

自らが全力で臨むにふさわしい、強き者。加えて、自身が食べる分だけ。手にかけるのは、それだけで十分だと考えていた。無益な殺生は人にも獣にも避けるべきだ。

ただ今ばかりは、そうも言っていられなかった。

騒ぎを起こし、勇者を炙《あぶ》り出す必要がある。

それには、人間たちに悲鳴を上げてもらわねばならなかった。

「しかし、いないのではどうしようもない。これはゾルムネムの計算違いと……」

独り言を止め、ムデレヴは唐突に棍棒を構えた。

巨木に斧を叩きつけるような音と共に――――二本の投剣が、ムデレヴの棍棒に突き刺さる。

「おおっ……！」

ムデレヴは、自身の棍棒に目をやって感嘆の声を上げた。

かつて切り倒した古《いにしえ》の妖樹から彫りだしたこの棍棒は、これまで剣でも槍でも魔法でも、傷つけられたことなど数えるほどしかなかった。

だが、どうだろう。ムデレヴの指程度しかない小ぶりなナイフが、今わずかにではあるが突き刺さっている。棍棒から伝わった衝撃といい、尋常な技ではない。それが魔法によるものだということは、すぐに察しがついた。

「堅なる者よ、さあ名乗られよ」

ムデレヴは口元に喜悦の笑みを浮かべ、その相手へと呼びかける。

それは小さな人間だった。

女で、子供。珍しい灰色の髪に、手にはその小さな体に似つかわしくない大ぶりな戦斧を提げている。

少女は名乗らず、訝しげに問う。

「あなた、なに」

「これなるは鬼人《オーガ》、ムデレヴ。お主を打ち倒す者よ」

「……どこで雇われたの。商会に、あなたみたいなのはいなかった」

「商会？　ガハハッ、何を言っているのかわからぬ！」

「……なんでもいい。ここから先には、進ませない……ッ！」

少女が一気に間合いを詰め、戦斧を振りかぶる。

一連の動きをムデレヴは予期していたが、それは想定よりもずっと速かった。

振り下ろされる戦斧を、掲げた棍棒に嵌められた、補強用の金輪部分で受けた。体の芯に響く衝撃。金属同士が打ち合わされる重い高音が轟く。

もし剥き出しの木地で受けていたら、刃が深く食い込んでいたに違いない。

少女がすばやく戦斧を引くと、次いで足を狙った地を這うような一撃が振るわれる。

棍棒を石畳に立て、再び防ぐ。そのまま薙ぎ払うように放った拳は、身を伏せるようにして躱《かわ》された。

少女は、今度は跳ね上げるように戦斧を振るう。やはり速い。加えて、人の頭を粉砕する鬼人《オーガ》の拳にも、まったくひるむ気配がない。

「ガハハッ！　防戦一方であるな！」

ムデレヴは笑う。

少女の猛攻をしのぎながら、鬼人《オーガ》の武人は冷静に思考していた。

この技は、ありえない。

一撃が重すぎる。その一方で身のこなしは軽く、武器の重さに振り回される様子がない。

筋力は魔力で補えるが、体重は別だ。少女はあまりに小さい。体に鉛でも詰めていなければ、実現できない動作だろう。普通ならば。

ムデレヴの面貌に、笑みが深く刻まれる。

なんのことはない。

鬼人《オーガ》の武人は、このような尋常でない技を持つ、強き者との闘争をこそ望んでいた。

少女の戦斧が、斜めに振り下ろされる。

ムデレヴは、今度はそれを――――あえて、棍棒の木地部分で受けた。

「っ……！」

ミシリ、という音と共に、戦斧の刃が棍棒に食い込む。

切断には至らないが、決して浅くはない。そんな深さ。

少女の表情が、わずかに歪んだ。そして戦斧から感じていた重さが、ふと微かに軽くなる。

ムデレヴはすかさず――――食い込んだ戦斧ごと、棍棒を大きく振るった。

「ヌンッ‼」

戦斧が少女の手から引き剥がされ、霧の向こうに飛んでいく。

柄から手を離したのがわざとかどうか、それは今考えるべきことではない。

後ろに跳び、距離を空けた少女の手には、いつの間にか投剣が握られていた。流れるような動作でそれが放たれる。

正確に首を狙う投剣を――――ムデレヴは、左腕で受けた。

刃は、その太い腕の肉にも届かず止まっている。

鬼人《オーガ》は口元に笑みを浮かべながら、少女を見据えて言う。

「甘いわッ！　この程度の……」

「甘いのは、あなた」

左腕に突き立った投剣から、突如無数の影が噴出した。

帯状の影はムデレヴの全身に巻き付くと、強く締め付け拘束する。

鬼人《オーガ》の武人は、わずかに困ったような顔で呟いた。

「むぅ……」

「私も、これくらいできる。大人しくして」

「いや、悪いのだが……」

ムデレヴが腕を強引に開くと――影の拘束は、あっけなくちぎれ飛んだ。

大きく目を見開く少女に、鬼人《オーガ》は言う。

「ゾルムネムが言うところには、我には全属性の魔法耐性があるようでな。ガハハッ！　搦め手など使わず、力で来るがよい。そのような技を持ちながら、よもや徒手は不得手とも言うまい？」

少女はすかさず腿《もも》の収納具に手を伸ばすと、投剣を掴んで投擲する。

ムデレヴは、すでに大きく踏み込んでいた。

棍棒を跳ね上げるように振るい、宙の投剣を打ち払う。

そして切り返したそのままに、豪速の棍棒を、少女の頭へと振り下ろした。

表情を強ばらせる少女に、動きはない。もはや躱す時間もない。

金輪の嵌められた太い棍棒が、必然の流れで少女の小さな頭を叩き割る――はずだった。

「むっ⁉」

棍棒が空を切った。

勢いのままに叩きつけた先の石畳が、派手に砕け散る。

少女の姿はない。

忽然と消えてしまった。

反撃が来るかと周囲を見回したが、そんな様子もない。人の気配など、どこからも感じられなかった。

あとに残っていたのは、一枚の呪符だけ。

「むぅ……面妖な」

ムデレヴはそれを拾い上げる。

その呪符は――――奇妙なことに、人の形に切り抜かれていた。

◆◆◆

ゾルムネムは足を止め、辺りを見回した。

周囲に建物のない、ひらけた場所だ。予定していた合流地点ではない。

霧の中、慎重に現在地を確認しつつ進んできたはずが、どういうわけかこのような場所にたどり着いてしまった。

奇妙なことは他にもある。

ある程度はいると予想していた、生徒や教師の姿が見当たらないのだ。

代わりにあったのは――――、

「ゾルさん？」

聞き慣れた声に振り返ると、霧の中から現れたのはガル・ガニスだった。

悪魔族の青年は、戸惑った様子で言う。

「ここ、本棟の近く……じゃないっスよね？　なぜか、こっちに足が向いちまったんスけど……」

「ああ、私も同じだ」

「むっ、そこにいるのはゾルムネムか？」

「あれ、隊長？」

「スゥ……なんで……？」

声と共に、ムデレヴにロ・ニ、ピリスラリアの姿が現れる。

ゾルムネムは、疑念を深める。

「お前たちもか」

「みんないるの？　ここ、予定の場所じゃないよね？」

「むぅ、おそらくそう離れてはいないと思うのだが……」

「ムニャ……それより……人間が、なんか変……」

「……やはりか。こちらもだ」

ゾルムネムは、そう言って衣嚢《いのう》から紙片を取り出した。

それは真っ二つに切られた、人の形をした呪符だった。

「人を斬っても、何一つの手応えがない。代わりに、このような呪符が落ちているだけだ。何か魔法の類であるのだろうが……」

「我も同じよ。強者と対峙し、いざ仕留めたと思った時には、この呪符に変わっていた」

「あっ、それ僕たちの方もだったよ！」

「オレもっス」

ムデレヴに続き、ロ・ニとガル・ガニスも、牙に貫かれたり焼け焦げたりした呪符を取り出した。

ロ・ニが不安そうな声音で言う。

「隊長、どうする……？　なんか、普通じゃないよ。これ……」

ゾルムネムは逡巡する。

異常な事態が起こっている。それは確実だ。

おそらく……待ち構えられている。何者かに。

今勇者を討たなければ、まず次はない。補給のない敵国の地で、次の機会を待つなど不可能だ。

この旅は失敗に終わることになる。

だが、それでも――この状況で作戦を強行すれば、きっと命取りになる。

ゾルムネムの勘は、そう告げていた。

撤退だ。

不名誉ではある。故郷に帰れば、同胞からそしりを受けるかもしれない。

しかし、仲間の命を無為には散らせられない。

ゾルムネムは、皆に告げるべく口を開いた。

そして――――、

「――――誰《た》そ彼《かれ》に、来る客人《まれひと》は戒《いまし》めよ、童《わらは》が牙出《きい》だし、鬼火《きか》纏ふもや」

不思議な響きの言葉が、全員の耳朶《じだ》を打った。

皆、一斉に声の方を見やる。

一人、少年がいた。

「これ、妖怪退治を生業《なりわい》にしていた、とある剣士が詠んだ歌でね」

宙に浮かんだ見慣れない形の魔法陣に腰掛け、こちらを薄い笑みで見下ろしている。

なぜ、誰も気がつかなかったのだろう。

そう思うほど、その姿は唐突にそこに現れていた。

少年の口は、先ほどの奇妙な言語ではない、意味のわかる言葉を紡ぐ。

「夕暮れ時の来客には気をつけろ。子供の姿をした存在が、突然に牙を剥き、鬼火を纏うかもしれない……そんな意味だよ。臆病な男だったが、言っていることは一理ある。黄昏時は人と人ならざる者とを見分けにくいからね。この夕霞のせいで、君たちもすぐには気づかなかっただろう？　ここらの人影が、すべてぼくの式神であることに」

ゾルムネムは、静かに自身の宝剣を抜いた。

剣呑な相手だ。戦士としての勘がそう告げている。

こちらの戦意をどう捉えたのか、少年が笑みを深める。

「近くで見るとすぐわかるんだけどね。獣と違って、人は人の顔かたちや仕草に敏感だ。人間の式神はどうしても違和感のあるものになってしまう。造形の感覚が優れた術士などは上手く作るんだけど、ぼくはどうにも不得手でね。まあもっとも……魔族である君たちには、人間の顔などよくわからないかな？」

少年は、どこか楽しげに話し続ける。

「あー、でも、そこのでかいの。君が戦ってたやつだけは本物だよ。強いでしょ、あの子」

どう仕掛けるべきか。

剣か、魔法か。

何が弱点で、どんな奥の手を隠し持っているか。

情報は重要だ。敵を知ることは、あらゆる戦いを有利に運ぶ。

初見の相手と対峙するにあたり、自らのステータス鑑定がどれほど有用か、ゾルムネムはよく理解していた。

ゾルムネムは、少年を視る――――。

「ふむ……わかるぞ。それなるは堅なる者であるようだ。それも……尋常ではないほどの」

ムデレヴが言い、少年へと歩み出る。

武人としての生で初めて相対するほどの強敵に興奮しているのか、その顔には喜悦の表情が浮かんでいる。

「相手として、これ以上望むべくもなし。さあ、力比べといこ……」

その顔が、飛んだ。

武人の厳めしい頭が、いくらかの血しぶきと共に、石畳に転がる。

その顔には、喜悦の表情が張り付いたまま。

少し遅れて、首を失った赤銅色の巨体が、ゆっくりと地面に倒れ伏した。

突然のことに、全員が凍り付く。

「あれ、死んじゃった」

そんな中。少年だけが、拍子抜けしたように呟く。

いつの間にか手にしているのは、小さなナイフと、人の形をした呪符。

ただし、呪符には頭の部分がない。

今し方ひらひらと地面に落ちた紙片が、それだろうか。

「呪詛への耐性が低すぎる。かつて相見《あいまみ》えた盗賊の頭《かしら》などは、これを喰らっても首から血を流しながら向かって来たというのに……まったく、鍛え方が足りないね」

少年は、取るに足らない者へ向けるような視線で、鬼人《オーガ》の死体を見下ろしている。

ムデレヴが、あっけなく死んだ。

鬼人《オーガ》族きっての武人が、その棍棒すら振り上げられないままに。何をされたかもわからぬうちに。

「ムニャ……死んで……」

総毛立つような力の気配に振り返ると、ピリスラリアが額の邪眼を見開いていた。

その色は、見たことのないほどの不気味な赤に変わり、輝いている。

おそらく、これが仲間にも初めて見せる、彼女の全力なのだろう。

だが――――駄目だ。

「やめろ……」

ゾルムネムは思わず口走る。

「へぇ」

少年は、ただおもしろそうに呟くのみ。

その姿が石に変わることもなければ、苦しむ様子もない。

「邪眼か。その姿、三眼《トライア》だな。人間の邪視よりは強力そうだ。どれ、こいつと勝負してみろ」

宙に浮かぶ呪符。

その周囲の景色が歪んだかと思えば――――突然に現れたのは、ワームにも迫るほどの、巨大な白い蛇だった。

その両目は潰れている。明らかに光を映していない。

奇妙な召喚術。あれは契約しているモンスターなのか。だが、あのような種は伝え聞いたこともない。

白い大蛇が、その鼻面をおもむろにピリスラリアへ向けた。

「っ……！　か……は……っ！」

浮遊するピリスラリアが、急に苦しみだした。

いつもまどろんでいた両の目は限界まで見開かれ、第三の眼はぐりぐりとあらぬ方向を向いて回り続ける。両手は胸を押さえ、口からこぼれるのは掠れた喘鳴《ぜんめい》だけ。

やがて――――浮遊の重力魔法が消え、ピリスラリアが地面に落ちた。

三つの目を見開いたまま横たわる三眼《トライア》の呪術師は、すでに事切れていた。

「どうだい、心《しん》の音《ね》すら止めるほどの強力な邪視は」

少年が薄い笑みと共に呟く。

邪視、と言った。

ありえない。

あの大蛇は、確かに両目が潰れている。

「知っていたかい？　ヘビの中にも第三の眼を持つ者があるんだ。こいつは白蛇《はくだ》という、年経たマムシの変化《へんげ》でね。鼻の近くで赤外線を見ることができる。わかるかな、赤外線。虹の赤の外側にある、熱を運ぶ光だよ。まあ古代ギリシアの言葉を直訳しただけだけどね」

少年の言を、ゾルムネムは理解できない。

話しているのは、博物学の知識なのか。だがハクダというモンスターも、古代ギリシアという国も聞いたことがない。

その時、白い大蛇がスッと首を引いた。

次の瞬間、石畳を割って地中から姿を現したのは、長大な体をもつワーム。ロ・ニの使うミーデだ。

大蛇の頭を食い損なったミーデは、その顎《あぎと》を上空で反転させ、再び少年のモンスターへと襲いかかる。

だが大蛇に鼻面を向けられた途端、その体が硬直。地面へ横倒しになり痙攣《けいれん》し始める。

しかし、ミーデは目的を果たしていた。

ワームの巨体と砂埃に隠れ、白い大蛇のすぐそばまで、ロ・ニが近づいていた。

ロ・ニは純真な目で、剣呑なモンスターへ好意の言葉を伝える。

「僕と友達になろうよ！」

ロ・ニはいつもこうして、声をかけるだけでモンスターを従えていた。

凶暴な野生のモンスターも、他人がすでにテイムしているモンスターであっても。

それは技術ではない、獣使いという【スキル】に裏打ちされた、ロ・ニの持つ天賦の才だった。

だが――――駄目だ。駄目なのだ。

ゾルムネムは、掠れた声で呟く。

「やめてくれ……」

白い大蛇が、どこか不思議そうな様子で、ロ・ニへと頭を向ける。

そして、次の瞬間。

大きく開いた顎で、兎人の少年を一呑みにした。

「なッ……」

近くで、ガル・ガニスが息をのむ気配があった。

大蛇はロ・ニを飲み込むと、次いで影から出てきたシャドーウルフたちを睨み殺し始めた。主人を食われ怒る狼の群れも、見えない邪眼に次々と倒れていく。

「ええ、何がしたかったんだ……？」

少年は、ただただ困惑したように呟く。

「ああ……テイムでもしようとしたのかな？　はは、人への怨念で変化《へんげ》した妖《あやかし》に、それは無茶だなぁ」

まるで失笑するように、少年が言う。

天性の調教師《テイマー》だった兎人は、何もできないまま死んだ。

自身の持つ恐るべき才を、敵に知らしめることすらできなかった。

しかし――――ロ・ニですらテイムできないモンスターを、あの少年は、いったいどのようにして従えているのか。

何もかも、尋常ではない。

何もかもだ。

それは、初めからわかっていたことだった。

挑んだことが間違いだったのだ。

鬼人《オーガ》族きっての武人、ムデレヴならば。

逸脱した邪眼の使い手、ピリスラリアならば。

天賦の才を持つ調教師《テイマー》、ロ・ニならば。

勝てるかもしれないと、ほんのわずかにでも思ってしまったことが、間違いだった。

あの化け物に。

「ゾルさん、オレが隙を作ります。その間に……」

「駄目だ」

ゾルムネムは言う。

最後に残ったガル・ガニスだけは、生還させなければならない。

「逃げろ。お前は逃げるんだ」

「なッ、ここに来てッ……！」

「お前は生き残れ。生きて……同胞に、伝えよ」

「ゾルさ……」

ガル・ガニスが、言葉を切った。

気づいたのかもしれない。

自分の持つ、剣の震えに。

最初から、ゾルムネムには視えていた。

少年のすべてが。


**【名前】セイカ・ランプローグ**（玖峨晴嘉）　【Lv】MAX

【種族】人間／神魔（魔王）　【職種】[redacted]《陰陽師》
【HP】6527／6527
【MP】843502364／843502705
【筋力】391　【耐久】254　【敏捷】347　【魔力】0
【スキル】
剣術Lv3　呪術LvMAX　退魔術LvMAX　結界術LvMAX　呪力強化LvMAX　呪詛耐性LvMAX　霊視LvMAX　龍脈視LvMAX　[redacted]《陰陽術》LvMAX　[redacted]《気功術》LvMAX　[redacted]《易術》LvMAX　[redacted]《宿曜占星術》LvMAX　[redacted]《六壬神課》LvMAX　[redacted]《風水視》LvMAX　[redacted]《奇門遁甲》LvMAX――……

否。

これで果たして、何が視えていたというのか。

ゾルムネムにはわからない。

【魔力】がゼロであるにもかかわらず、なぜ魔法が使えているのか。

わずかに減少している膨大な桁数の【MP】は、何によって消費されたのか。

判読できない【職種】や無数の【スキル】は、いったい何なのか。

現在のスキルレベルではまだ視ることのできない数値があることは、ゾルムネムも把握していた。

だが――これは、果たしてそういった類のものなのだろうか。

あまりにも異常だ。このような『ステータス』は、未だかつて視たことがない。

しかし一つだけ……はっきりしていることがある。

**【種族】人間／神魔（魔王）**

「あれは……魔王だ」

「は……な、何を言って……」

「伝えるのだ……なんとしても、このことだけは……」

「知っているよ。君たち、勇者を倒しに来たんだよね」

少年が、薄笑いのまま告げる。

「だけど残念。アミュは殺せないんだ」

それは、予想できていた可能性だった。

この地にいて、学園の制服を纏い、自分たちを討とうとしているのだから、それ以外に考えようがない。

しかし――、

「このぼくが守っているのだからね」

その宣告は、あまりに絶望的なものだった。

ゾルムネムは掠れそうになる声で、ガル・ガニスへと必死に最期の言葉を伝える。

「た、誕生していたのだ、魔王は……それも、最悪な形で……」

「何言ってんスか、ゾルさん！　落ち着いてください！」

「いいから聞け。今すぐにでも逃げよ。転移の魔法に長けたお前ならば、逃げ切れるやもしれぬ……なんとしてでも逃げ延び、この事実を魔族領にまで持ち帰るのだ」

「事実って……」

「よく聞け、ガニスよ……あの少年は、魔王だ」

ゾルムネムは、続けて言う。

あらゆる魔族にとって、到底受け入れがたい……絶望的な事実を。

「――――最悪の魔王が、人間の側についた」

「君たち……もう、終わりな感じ？」

少年が退屈そうに呟く。

その冷たい黒瞳に見下ろされながら、ゾルムネムは震える手で懸命に剣を構える。

「行け。私が時間を稼ぐ」

「……ダメだ。ゾルさん、あんたもっ……」

「二人は逃げられない。私の……皆の覚悟を、無駄にするな」

「っ……」

「じゃあ――――そろそろ、死んでくれるかな」

いつの間にか……一枚の呪符が、すぐ先に浮かんでいた。
それが二人にとって、致死の魔法を生み出すことは、容易に想像がついた。
ゾルムネムが、最期の叫びを上げる。
「早く行け、ガニス‼」
叫びと同時に、ゾルムネムは宝剣の切っ先を少年に向け、魔法を紡ぐ。
それは幾重にも束ねた高熱の光を放つ、光属性魔法の奥義。
これを完全無詠唱で発動できるほどに、ゾルムネムは光の魔法に通じていた。
宝剣の先に、魔法の起こりである眩い白光が点った——。
その瞬間。
全視界を灼熱の緋色に覆われ、ゾルムネムの意識は消失した。

## 其の二　chapter III

ぼくは、魔族たちがいた場所を見下ろす。

溶けた鉄が煮えたぎり、一面が緋色に染まった演習場に、もはや彼らの姿はない。

御坊之夜簾《オンボノヤス》が熱を嫌がり、溶鉄の周りだけ少し霧が晴れる。

ふとそこに、微かな光を見つけた。

消えかかっているそれは、どうやら魔法陣のようだ。

よく見てみれば――それは以前、ガレオスが用いていたものに似ている。

ぼくは小さく呟く。

「一匹逃がしたか」

### 赫鉄の術　（術名未登場）

沸騰する鉄の波濤《はとう》を浴びせる術。温度は約二八〇〇℃。人体がこれに包まれると、全身の水分が瞬時に沸騰、蒸発し小規模な水蒸気爆発が発生。肉体が爆散した後、残った有機物が燃焼を始めると考えられる。溶鉄の高温は骨すらも融かすが、炭素を昇華させるには至らないため、炭化した死体の一部が残ることとなる。

# 幕間　ガル・ガニス、ロドネア近郊にて

chapter II

ガル・ガニスは逃げていた。

あの死地から一度の転移で、ロドネアの外に出た。

そこから何度も転移を繰り返し、城壁が霞むほどの場所にまで至った。

魔力が尽きてからは、ただ全力で走った。

まださしたる距離を進んでいないにもかかわらず、息が切れ、足がもつれる。だが、止まれない。

「クソッ……チクショウ……ッ！」

立ち止まることを、恐怖が阻んでいた。

あの場で自分が、あの少年に立ち向かおうとしていたなど、今となっては信じられない。

ゾルムネムは生きていないだろう。

転移の寸前に見た、灼熱の赤い波濤が脳裏から離れない。

仲間は全員死んでしまった。

あれほど強かった皆が、あの少年一人に何もできなかった。

なぜこんなことになってしまったのか。

あんな存在を、誰が予測できたというのか。

「アイツが、ハァ、魔王だと……ッ？　そんな……そんなバカなことが……ッ！」

ゾルムネムが、なぜその事実にたどり着いたのかはわからない。

だが今となっては、このことを知るのは自分ただ一人だ。

悪魔族の王に……いや、あらゆる種族に、この危機を知らせる必要がある。

これが、今の自分に残された使命だ。ゾルムネムの遺志を、なんとしても果たさなければならない。


その時ふと、ガル・ガニスは前方に注意を向けた。

はるか先の街道に、ロドネア方向へ向かう馬車が見える。

行商人だろうか。荷馬車ではあるが、護衛の類は連れていない。

ゆっくりと気持ちが落ち着いていくのを、ガル・ガニスは感じた。

魔族領まではまだまだ遠い。この先、何度も補給をする必要がある。もはや一人である以上、たった一度の機会すらも逃せない。

加えて、今日はもうすぐ日が暮れる。ロドネアからもかなり離れることができた。さすがの魔王でも、今の自分の位置を特定し、この距離を追いすがることはできないだろう。

ひとまずあの馬車を襲って食糧を調達し、夜営の場所を探す。

今はそれが最善だ。

馬車へと駆けながら、ガル・ガニスは魔法の炎を浮かべる。

もう大規模な転移はできないが、簡単な火属性魔法程度なら問題なく使える。そして、今はそれで十分だ。

　ガル・ガニスは、炎を放とうとして――――、

「ご……ふ……っ」

　唐突に、口から血を吐いた。

　浮かべていた炎が消滅。悪魔族の青年は、足をもつれさせて地面へと倒れ込んだ。

　土を噛みながら、鋭い痛みの走る胸に目をやると――――まるで長大な刃で貫かれたかのように、縦に走る線状の傷から血が流れ出している。

「なん……」

　いつ、どのようにつけられたものなのか。ガル・ガニスにはわからない。

　だが――――誰によるものなのかは、想像がついていた。

「なんだ……なんなんだ、アイツは……あれが、魔王……？」

　血と共に、意識が流れ出ていくのを感じる。

　全身を寒気が覆っていく。

　ありえない。

　伝承でも、魔王は……このような力など、持っていなかったではないか。

　あまりに異質すぎる。

　まるで――――住まう世界からして、異なるかのような。

「あの、魔王は……何、者……」

最期の呟きから、ほどなくして――――悪魔の呼吸が止まった。
勇者を討つべく旅立った魔族の英雄たちは、こうして全員が死に絶えた。

「まあ、逃がしたところで問題はないんだけどね」

手に持ったナイフを揺らしながら、ぼくは言った。

その切っ先には、胸を貫かれたヒトガタが突き刺さっている。

「……ユキは、恐ろしいです。セイカさま」

御坊之夜簾《オンボノヤス》を回収し、人払いの呪符を破っていると、ユキが唐突に言った。

「ん？」

「セイカさまにとっては……呪詛の媒介のあるなしなど、関係ないのでございますね。ただのヒトガタのみで、あんな……」

「とんでもない、関係なくなんかないよ。相手の髪や血が使えないといろいろ制限がかかるし、それに……」

ぼくは、苦笑しながら言った。

「少しだけ面倒なんだ」

◆◆◆

そんなこんなで、魔族による二度目の襲撃は何事もなく片付いた。

前回の襲撃から、いろいろと対応方法を考えて準備していただけあって、今回は被害もなし。魔法実技の演習場が荒れたくらいで、誰にも気づかれないまま事が済んだ。

彼らの死体は、溶鉄で炭化した残骸がいくらか残っていたのだが、少し迷ったもののそのままにしておくことにした。

ロドネアに出入りしていた商人が、何人か行方知れずになっているという噂は聞いていた。おそらくここに来るまでの間、いくつかの集落で略奪も行っていたことだろう。

帝国も間抜けでなければ、さすがに魔族の一党が侵入していたことくらいは把握しているはずだ。そうでなければ、こんな時期に帝都の警備を固めない。位置を捕捉できなくても、足取りをたどり、ロドネアに向かったことくらいは予想してくれるだろう。そこで争った跡と死体が見つかれば……きっと、彼らが死んだことくらいは理解するはずだ。たぶん。

悪魔のやつだけ別の場所で死んでいるから、仲間割れとでも解釈してくれれば都合がいいんだけどな。いずれにせよ、また死体が見つからずに休講になるよりはマシだ。

ちなみに冷えた鉄は解呪して消したが、巨大なワームの死骸は残したままだ。

ひたすらに邪魔だし、あれも片付けてあげた方がよかっただろうか……そんなことを考えながら歩いていると、曲がり角で小柄な人影とぶつかった。

「おっ、と。メイベル？」

「っ……！　セ、セイカ？」

息を切らし、目を丸くしたメイベルがこちらを見上げていた。

焦ったような表情で、灰髪の少女はぼくに詰め寄る。

「あいつはどこっ⁉」

「あいつ？」

「し、刺客が来たの！　セイカも、わかってるんでしょっ？」

「それは……」

「しかも、魔族……鬼人《オーガ》、って言ってた！　きっと、今も私を探してる！　このまま見つからなかったら、何するか……誰かが、襲われるかも……っ」

メイベルは必死の形相で、ぼくに言い募る。

「わ、私が、私が止めないとっ‼　さっき、セイカが助けてくれたんでしょ？　あの霧も……あいつの居場所がわかるなら、教えて！　私が出て行けば、みんなが、危ない目に遭うことはないと思う！　たとえ、私が勝てなくても……だからっ！」

「メイベル。少し落ち着きなさい」

そう言って頭を撫でてやると、メイベルはようやく口をつぐんだ。

ただ、それでもまだ表情に余裕がない。

ぼくは、軽く笑みを浮かべながら言う。

「君はえらいな」

「え……？」

「真っ先に他の生徒のことを心配したのかい？　自分は逃げることもできたのに」

「そ、それは、だって……」

「なかなかできることじゃない。優しくて、勇気のある証拠だよ」

「うぅ……」

「気づいてやれなくて悪かった。すっかり、学園には慣れたものだと思っていたけど……君はずっと気を張っていたんだな」

人払いの呪《まじな》いは、強い目的意識を持つ人間には効果がない。

他の生徒や教師が皆寮や学舎に引っ込んで出てこない中、どうしてメイベルだけがと思っていたのだが……この子はずっと、商会の差し向ける刺客を警戒し続けていたのだろう。

「ひょっとして、養父母の下でもかい？」

「……だって……あの人たちのことは、商会に知られているから……」

「心配しなくていいと言ったのに。とはいえ、あれからまだ一年も経っていなければ、無理からぬ話か」

ぼくの実家であれほど気を抜いていたのは、それが許される初めての場所だったからかもしれない。

学園や帝都から遠く離れた地で、軍の小隊が駐留していて、ようやくこの子は安心できたのだ。

「大丈夫だよ、メイベル。君はもう普通に生きていいんだ」

「で、でも、あいつが……」

「あれは君への刺客じゃない」

「え……？」

メイベルは、ぽかんとした表情を浮かべる。

「そう、なの……？　じゃあ、あいつは……」

「ええと……まあ、君には言っても構わないか。勇者を狙ってきたんだよ」

「えっ！　ア、アミュを？」

メイベルの顔に、再び焦りの色が浮かぶ。

「そ、それならっ、やっぱり、なんとかしないとっ……」

「あー……」

ぼくは、少しばかり言いよどみながら告げる。

「もう終わったよ」

「え……？」

「あいつらのことは、もう心配しなくていい」

「あいつら……？　一人じゃ、なかったの？」

「う……まあ、そうだよ。五人ほどいたな」

「ご、五人も？　それ……全員、セイカが倒した、ってこと」

「ああ」

「だ、大丈夫、だったの？　あんなのが五人なんて、手強かったんじゃ……」

「あー、いや……別に、そんなことなかったな」

「ええ……鬼人《オーガ》以外は、大したことなかったの？」

「うーん……」

ぼくは、少し困った笑みを浮かべながら答える。

「よくわからなかったよ――――誰が強くて、誰が弱かったかなんて」

「セ……セイカ？」

メイベルが、戸惑ったように半歩後ずさった。

ぼくは苦笑しながら、彼女へ向けて、唇の前に人差し指を立てて見せる。

「皆には内緒だよ、メイベル」

◆　◆　◆

魔族の襲撃から、数日後。

学園の入学式は、予定通りに行われることとなった。

いくつもの魔法の灯で荘厳に彩られた講堂も、さすがに三回目ともなると見慣れた。

緊張のためか、硬くなっている新入生たちの姿も、例年通りだ。

ただ、去年までは見ているだけだったぼくにも、今年は仕事がある。

つつがなく進行していく式の様子をぼんやり眺めていると、急にアミュが笑いながら背を叩いてきた。

「あんた、何ビビってんのよ！」

「痛いな……別にビビってないよ」

「嘘ね」

「……よくわかったな。本当は少し緊張してる」

こういう役回りは、決して得意なわけではない。

とはいえ、引き受けてしまった以上はもうどうしようもないが。

「君の時はどうだったんだ？」

「ん？」

「一昨年の話だよ。新入生の代表で挨拶してただろう」

「あー、あの時？」

料理を取る手を止めて、アミュが答える。

「あたしは緊張なんてしなかったわよ」

「へぇ。そりゃすごいね」

「あの頃はちょっと斜に構えてたから、挨拶なんてくだらないー、って思ってたのよ。今だったら、もっと緊張すると思うわ。さすがにね」

「ふうん……」

「でも、なんだか懐かしいわね。あの時はデーモンのせいで、あたしの言おうとしてたこと最後まで言えなかったんだったわ」

「挨拶の内容は自分で考えたんだよな？　なんて言おうとしてたんだ？」

「なんだったかしら？　ええっと……」

　アミュは少し考えた後、話し始める。

「今日、みなさんがどのような理由でここにいるのか知りません。あたしがこの学園に来たのは、ただ――強くなるためです」

「……」

「あたしの求める強さとは、冒険者の強さです。モンスターを倒し、仲間を守れる強さ。こんな理由でこの学園に来たのは、もしかしたらあたしだけかもしれません。だけど……強くなりたいという思いは、みな同じく持っていることと思います。求める強さはそれぞれ違うでしょう。それでも強さを求めるのなら、あたしたちはみな同じ目的を共有する仲間です。これから、共にがんばりましょう。以上。……こんな感じだったかしら？　なんか普通ね。一応、真面目に考えたんだけど……」

「いいじゃないか」

　ぼくは素直に言った。

「話の運びや言葉の選び方が上手いな」

「は、はあ？　いいわよ、そういうの」

「本心だよ。修辞学なんてどこで習ったんだ？」

「難しいことはよくわからないけど……パパとママが、昔よく勇者やいろんな英雄たちの物語を聞かせてくれたのよ。その中の台詞とか……あとは、酒場で酔っ払った冒険者がしてる演説を、参考にした。大半は聞けたものじゃないんだけど、たまーに、ぐっとくるのがあるの。そういうのとか」

「なるほどな」

アミュらしい話だ。

この子も決して頭は悪くない。勧学院の雀は蒙求《もうぎゅう》を囀《さえず》るというが、見聞きしたものの中から知らず知らずのうちに学び取ったのだろう。

「それ最後まで話せてたら、他の生徒の見る目も変わってたかもしれないな」

「やめなさいよ、もう……ううん、でもそう言われると、なんだか惜しかった気がしてきたわね……。あの騒動、結局なんだったのかしら？　いろんな噂は立ってたけど」

「……さあね」

「あの時、がんばってデーモンを一体倒したのよね。そういえば、あんたはなにしてたの？」

「……召喚獣のようだったから、喚んだ術士を探しに行ってたんだよ。見つからなかったけど」

「へぇ。あんたらしいわね」

この子は知らない。

あの襲撃が、自分を狙ったものだったことを。そしてつい先日にも、同じようなことが起こっていたことを。

ぼくは話を逸らす。

「あの後の君はかわいそうだった。命を賭けてモンスターと戦ったのに、他の生徒には怖がられて」

「そういえばあんたそんなことも言ってたけど……あれって本心だったの？」

「本心だよ。嘘だと思ってたのか？」

「普通に適当なこと言ってるんだと思ってたわ。あの頃のあんた、うさんくさかったから」

「ひどいなぁ」

「あはは。それが、こんなに仲良くなるなんて思わなかったわ」

「時が経てば、人の関係くらい変わるさ」

「そうね。あれからもう、二年も経ったんだものね」

二年も、か。

ようやく十五になるこの子にとっては、二年という歳月も十分に長いものなのだろう。

入学式はつつがなく進んでいく。

ぼくの出番も、次第に近づいてくる。

「……じゃあ、そろそろ行くよ」

「あれ、セイカくんもう行くの？　が、がんばってね！」

「……。がんばって」

後ろの方で喋っていたイーファとメイベルが、ぼくを見て言う。

アミュはというと、笑っていた。

「なに喋るのか楽しみにしてるわね」

「……そんなに期待されても困る。無難に済ませてくるよ」

苦笑いを浮かべながら、演壇へと歩みを進めた――――その時。

講堂の入り口付近で、ざわめきが起こった。

思わず顔を向ける。

新入生の集団を割って現れたのは……揃いの鎧と剣で武装した、十数人の人間だった。

反射的に式を向けかけるが、抑える。攻撃してくる様子はない。

だが、新入生の入学を祝いに来たようにも思えなかった。

リーダーとおぼしき一人が、声を張り上げる。

「静まれッ！　我らはディラック騎士団！　主であるグレヴィル侯の命により参った！　ここにアミュという娘はいるか！」

ざわめきが大きくなる。

「剣の使い手である、アミュという娘だ！」

生徒たちが、次第にぼくらのいる方へ顔を向け始める。

ぼくは迷う。

これは、なんだ。

どうすればいい――――、

「あ、あのっ……」

すぐそばで、声が上がった。

「アミュは、あたしだけど……」

アミュがおずおずと手を上げる。

鎧の集団が、一斉にこちらへと視線を向けた。

そしてリーダーを筆頭に、人混みを押しのけながら強引に近づいてくる。

「どけ！」

その中の一人に突き飛ばされ、ぼくは無言でよろめき、尻餅をついた。

「っ！　ちょっと！」

「冒険者クローデンの子、アミュだな」

狼藉に抗議するアミュへ、リーダーが淡々と問う。

「そうよ！　あたしに何の用？」

「貴様には帝国に背いた咎がある。認めるな？」

リーダーの言葉に、アミュが戸惑ったように問い返す。

「え……？　なによ、それ」

「貴様は先日、学園を訪れた魔族領からの特使を殺害するという、帝国への重大な背信行為を行った。この事実を認めるな？」

「は……？」

アミュが目を丸くする。

「し、知らないわよそんなの！　あたしそんなことしてない！」

「あくまで認めぬか、それでも結構。これより貴様を帝都まで連行する。その体の芯まで罪を問うた後に、裁判へかけられることとなるだろう。楽な刑になると思うな。……お前たち、この娘を拘束しろ」

「ちょ、ちょっと！　やめてっ！」

騎士たちが数人がかりでアミュの手をひねり、後ろ手に縄で縛っていく。

「そ、そのっ……ま、待ってください！　アミュちゃんは、そんなこと……」

「イーファ」

ぼくは尻餅をついたまま、声を上げかけたイーファを制す。

「やめなさい。メイベルもだ」

メイベルが一瞬固まって、何かを掴んでいた手を制服の中に戻した。

それからぼくは笑顔を作り、アミュへと言う。

「アミュ。心配ないよ」

「え……」

「君は無実なんだ。きっとすぐにわかってもらえるさ。皆……そうせざるを、えなくなる」

「なんだと貴様、我らを愚弄するかッ！」

「やめろ」

ぼくに詰め寄る騎士の一人を、リーダーが一語で制止する。

「ここには貴族の子弟が在籍している。無用な諍《いさか》いは起こすな。行くぞ」

リーダーが踵《きびす》を返すと、騎士たちがそれに続く。新入生や生徒たちは、今度は黙って彼らに道を空けた。

「っ……」

縄を引かれるアミュが、一瞬こちらへ顔を向けた。

だが強く縄を引かれると、すぐにそれは背けられ、不安そうな表情が赤い髪の向こうに隠れる。

ぼくはその様子を、黙って見ていた。

「……」

彼らの姿が講堂から消えるまで――――じっと、静かに見ていた。

◆　◆　◆

「魔族領からの特使とは、妙な話もあるものです」

入学式の翌日。

ぼくは、本棟最上階にある学園長室を訪れていた。

小柄な矮人《ドワーフ》の老婆を前に、ぼくは言う。

「魔族は帝国の敵であり、彼らと正式な国交はない。その一方で、現在は目立った戦端も開かれていない事実上の休戦状態だ。ましてや彼らは一国ではなく、いくつもの種族の、さらにいくつもの部族に分かれている。魔王の時代には連合軍を作ったこともあるものの、国となったことは一度もなかった……。彼らのいったいどんな代表が、なんの用で訪れるのでしょう。それも帝都や国境沿いの街ではなく、ロドネアなどに」

「……わかりきったことを訊くのはおやめ」

学園長が、苦々しい表情で答える。

「そのようなもの、建前に決まっているだろう。勇者の娘を、連れて行くための」

「ええ、そうでしょうね」

「だがね……魔族がこの都市を訪れていたのは事実だ。無論、使者などではないが」

「ええ……どうせ勇者を討ちに来たのでしょう、二年前と同じように。彼らも、死してなお人間の陰謀に利用されるとは、哀れなものです」

「………お前さんかい？」

ぼくは薄笑いを浮かべながら答える。

「さあ。なんのことやら」

「……まあいいさ。今そのようなことはどうでもいい」

学園長は、険しい声音で言う。

「お前さんの見ている通りさ。グレヴィル侯爵は、宮廷の把握していた魔族の襲来とその死を利用し、適当な理由をでっちあげてあの娘を攫った。そこまで理解していながら……お前さんは何をしにここへ来た。みすみす生徒を奪われていったアタシを、責めに来たのかい？」

「いいえ」

目を伏せて告げる。

「ぼくはただ、知りたいだけです。どうしてアミュが連れて行かれたのかを」

「……」

「どうもグレヴィル侯とやらは――勇者を、無理筋な理由を付けてまで始末したいように思える。それがわからない。国政を担う貴族が、なぜあえて国の英雄となる器を砕き、魔族への優位を捨てようとするのか」

「それは……いや」

学園長は何かを言いかけ、すぐに言葉を止める。

「アタシは軍事の専門家じゃあない。不確かなことを言うのはやめておこうかね。ただ一つ言えるのは……帝国は、一枚岩ではないということさ」

「……」

「ランプローグの、お前さんも貴族ならばわかるだろう。宮廷や議会や学会、都市に商会に貴族たちの間には、様々な派閥が入り乱れている。その中には無論、学園卒業生らの作る派閥もある。わかるかい、ランプローグの。学園が勇者を抱えているということは……彼らの派閥が、強大な暴力を手にするということなのさ」

「……」

「それを快く思わない連中もいる」

ぼくは短い沈黙の後に口を開く。

「その程度の事情のために……祖国と同胞を裏切って、勇者を……一人の少女を、殺すのだと？」

「そうじゃない。そうじゃないんだよ、ランプローグの」

学園長は諭すように言う。

「彼らは決して、単純な欲望で動いているわけじゃあない。そのような者はほとんどいないんだよ。政《まつりごと》は複雑だ。彼らは彼らなりに、一族や、仲間や、帝国を思い、暗躍している。昨晩の暴挙だって……そうさ。おそらくは」

「ええ……ええ。わかりますよ、先生。ぼくがこれまで見てきた政争も、そうでした」

ただそれは。

ぼくやアミュの事情には、まったく関係ないことだ。

「ランプローグの。滅多なことを考えるんじゃないよ」

踵を返すぼくを、学園長が呼び止める。

「今、あちこちから宮廷に働きかけているところだ。どんな思惑で動いていたとて、あのような暴挙がまかり通るわけがない。おそらくは根回しすら満足に行わないまま事を起こしただろう。このまま朗報を待てばいい。きっとあの娘を……」

「滅多なこと、とはなんでしょう。先生」

沈黙する学園長へ、ぼくは薄笑いのまま続けて問う。

「まさかぼくが一人で、アミュを取り戻しに行くとでも？」

「ランプローグの。お前さんは……」

「そんなこと、できるわけがないでしょう。先生の言う通り、大人しく朗報を待つことにしますよ。……ところで」

ぼくは、さらに続けて問いかける。

「その働きかけというのは、どのくらい時間がかかるものなのでしょう。あの子が拷問の末に気が触れるか、あるいは食事に毒を盛られ不審死させられる前に、確実に助け出せるものなのでしょうか」

「……」

「失礼、意地の悪い質問をしてしまいましたね。先生もアミュのために尽力していることはわかります。それについてはちゃんと感謝していますし、応援していますよ。せいぜいがんばってください、先生。では」

ぼくは再び踵を返し、歩みを開始する。

呼び止める言葉は、今度は聞こえてこなかった。

◆　◆　◆

日が沈んでいく。

紫立っていた空は、すでに濃紺の色を帯びていた。

「――為政者は皆、自らの持つ特権の由縁を、力以外のものに求めたがる」

人気の絶えた学園の広場。

ぼくは夜の帳《とばり》が下りていく世界で、空を見つめながら呟く。

「正統なる血筋、崇高な法、もしくは信仰や、民の承認……王の一族だから、法に定められているから、神が言ったから、皆に認められたから……自分たちは、特権を持っているのだと。税を敷き、ルールを定め、誰かの自由を奪ってもいいのだと、そう言い張る。よくもまあそう都合のいいことを考えるものだと呆れるが……あるいは、力よりも尊いものがあると信じるからこそ、人々は争うことなく共に生きられるのかもしれない……。だけどな、ユキ。彼らは、往々にして忘れがちだ」

浮遊する一枚のヒトガタが、不可視化を解かれ、眼前にその姿を現す。

「そのようなもの、所詮は幻想に過ぎず――――」

ぼくは、その扉を開く。

「――――すべては、より大きな力に奪われうることを」

《召命――――蛟《みずち》》

空間の歪みから、青緑の鱗を持つ長い体が伸び上がっていく。

龍は夜空に昇ると、まとわりつく式神を振り払おうと暴れ始める。

ぼくは声に呪力を乗せ、告げる。

「見ろ、龍よ。ぼくを見ろ」

蛟は、なおも暴れる。

「今のぼくは、お前の主《あるじ》に不足か。龍よ」

その時、蛟がふと動きを緩め、ぼくに頭を向けた。

湖を玉に変えたような青い眼でこちらをじっと見つめながら……ゆっくりとぼくの前へ、その巨体を降ろしていく。

やがて地表近くにまで来ると、その身に纏う神通力により、石畳の砂や木の葉が浮かび上がった。

ぼくは、思わず舌打ちしながら呟く。

「まったく、面倒な妖《あやかし》だ……大した力もないくせに、気位《きぐらい》ばかり高い」

それでも、この国の都市一つを滅ぼすくらいは容易いだろうが。

「セイカさま」

頭の上で、ユキが言う。

「恐れながら申し上げます。この世界での生を、狡猾に生きるものと未だ定めておられるのであれば――――此度あの娘を救うことは、諦めるべきかと存じます」

「……一応、理由を聞いておこう。なぜだ、ユキ」

「今生でのセイカさまは、再び政争に巻き込まれることのないよう、力を隠して生きると決められていたはず。勇者は、そのための傘に過ぎません。傘を惜しんで風雨にその身をさらしては、本末転倒というものでしょう」

「何を言っているんだ、ユキ」

ぼくは、静かに言う。

「お前の言う傘には、代わりがない。勇者に替えはいないんだ。ここで無理をせずしてどうする。風雨など――――雨雲ごと晴らしてしまえばいい」

「っ……」

ユキが、一瞬言葉を詰まらせる。

「セイカ、さま……わかっておられるのですか？　此度セイカさまがお力を振るおうとしている先は……まさに、この国を動かしている者たちなのですよ？　ご自分でおっしゃっていたではないですか！　彼らに力を見せて目を付けられれば……この世界でも、前世と同じ目に遭いかねないと……」

「それがどうした？」

言葉を失うユキに、ぼくは言う。

「先にも言っただろう、ここは無理をする場面だと。勇者は一人だ。救い出す以外に、ぼくの目論見を遂げる方法はない……力を目にした者など、消せばいいのさ」

「し、しかしながら……敵は、この強大な国の中枢でございます。そう簡単に事が済むとは……」

「力によって片が付くことで、ぼくに困難な事柄がどれほどある」

「そ、それは……」

「いいか、ユキ……この世界にも、前世と同じようにたくさんの国があるんだ。なに――――」

ぼくは告げる。

「――――一つくらい滅ぼしてしまったところで、どうということはないさ」

「セイカさま……」

ユキが、苦しげに言う。

「勇者は目的ではなく、手段に過ぎないのですよ……？　セイカさまが、今生にて幸せになるための」

「無論、わかっているとも」

「ならば……っ」

絞り出すような、小さな声音。

「ならばなぜ……それほどまでにお怒りなのですか……」

沈黙を保つぼくに、ユキが言う。

「今一度考え直そうとは、思われませんか？」

「……くどいな」

ぼくは、声を低くして問う。

「妖《あやかし》風情が、まだぼくに意見するつもりか、ユキ」

「………いえ」

ユキは、意外にもきっぱりとした口調で答える。

「セイカさまがそう決められたのであれば……ユキにはもう、申し上げることはございません」

「……頭を出すなよ。飛ばされるぞ」

ぼくは空中の式神を踏み、蛟の頭へと降り立つ。

口の端をわずかに吊り上げながら、一人呟く。

「さて……異世界の政治家諸兄よ、腕前を拝見しよう。果たして君たちに、最強を討つことができるかな」

ぼくは蛟へと告げる。

「西へ向かえ。龍よ」

蛟の纏う神通力が、力を増す。

ぼくを乗せた頭が、星の瞬きだした西の空を向いた。

巨体がうねる。

風が逆巻く。

かつて日本で、神湖を守護していた水龍は――――今異世界の空を、帝都へ向かい飛翔し始めた。

# 幕間　勇者アミュ、帝城地下牢にて

chapter III

アミュは地下牢の硬い床で、膝を抱えていた。

ここに入れられて、どのくらい時間が経っただろう。

日が差さず、静寂極まる地下にいると、時間の感覚すら曖昧になってくる。

入学式の夜は、あれからすぐに馬に乗せられ、街道を夜通し走った。

途中で馬を替えながら、ほとんど休息を取ることもなく、翌日の夕には帝都へとたどり着いてしまった。

なぜそれほど急いでいたのかはわからない。

自分の、身に覚えのない罪についても。

城門を抜けた後は、すぐに馬車に乗せられ、帝城にまで連れてこられた。

そしてほとんど何も説明されないまま、この地下牢へと入れられた。

ここが普通の罪人を入れる牢でないことは、アミュにも想像がついていた。

なんといっても、ここは帝城の地下なのだ。おそらく、本来は政治犯などを捕らえておく場所だろう。

しかし、冒険者の子で、一介の平民に過ぎない自分がなぜこんな場所に閉じ込められるのかは、どれだけ考えてもわからない。

アミュは膝を強く抱え、背を丸める。

寒かった。外は、きっともう深夜だろう。春とは言えまだまだ冷える時期だ。冷たい石の床からは、どんどん体温が奪われていく。

着の身着のままで連れてこられたアミュには、辛かった。杖剣を提げてはいたが、馬に乗せられる前に取り上げられてしまったので、魔法で暖を取ることもできない。

これからどうなるのだろう。

考えると、体が震えた。

決して寒さだけのせいではない。

なぜこんなことになったのかわからなかった。

つい先日まで、学園で過ごす最後の一年と、来年から始まる冒険者としての生活に、思いを馳せていたはずなのに。

あれから、入学式はどうなっただろう。

イーファやメイベルは、心配しているだろうか。

セイカの、総代としての挨拶は――――。

「っ……」

滲んできた涙を、ごしごしと腕でこする。

セイカとした、また一緒に冒険へ行くという約束も、果たせなくなってしまうかもしれない。

ふとその時、鉄格子の向こうから、足音が響いてきた。

「っ⁉」

思わず身構える。

灯りを手にした人影が、次第に近づいてくる。

その姿を認めて――――アミュは、目を見開いた。

「え……あ、あんた……」

# 其の四 chapter II

「この国も、案外狭いな」

夜の空に浮かんだ蛟の頭の上で、眼下の街を見下ろしながら、ぼくは小さく呟く。

馬車で二日かかる道のりも、龍ならば十刻もかからなかった。この分なら、この強大な国のすべてを、一月とかからず巡れてしまうだろう。

真下には、帝都が広がっていた。

大きな街だ。上空から見下ろせば、なおのことそう思える。

長い長い城壁に囲まれた中には数え切れないほどの家々が建ち並び、真夜中にもかかわらず街路に点った灯りが、街全体をぼんやりと照らし出している。

日本どころか、宋や西洋で目にしたどんな都市よりも、発展した街。

この世界の人々は、果たしてどれほどの努力の末に、ここまでの繁栄を手にしたのだろう。

もっとも……ぼくには、どうでもいいことではあるが。

ぼくは周囲の式神を、すべてコウモリに変え街へと降下させていく。

夜空を降る無数の黒い翼は、さながら影の雨のようだ。

目標は、街の中央にそびえる一際明るい城――帝城。

灯りを手にした衛兵たちの声が、式神の耳を通してぼくにまで届く。

『うわっ、なんだこれは』

『蝙蝠《こうもり》っ？　だが、なぜこんなに……』

やがて地表や屋根に降り立ったコウモリを、今度はすべてネズミに変える。

式神のネズミは走り出すと、ありとあらゆる隙間から建造物の中へ侵入していく。煙突、通気口、わずかに開いた窓に、崩れた壁の穴。

通路の分岐に至るたびに群れは分かれ、城内の建物全体を総当たりで探っていく。

特段、操ってやる必要はない。あらかじめそのように式を組んでいる。

やがて――――ぼくは、小さく笑みを浮かべた。

「ああ、見つけた……そこにいたんだね、アミュ」

ふっ、と。

ぼくは蛟の頭を蹴って、夜空に身を投げた。

空中の式神をとん、とん、と踏みながら、街へ静かに降りていく。

「それにしても――――」

帝城は、中央にそびえる本城の周辺にいくつかの建物が建ち並び、それをぐるりと城壁が囲う構造になっている。

堀もなければ、城門も薄い。

完全に、居住や社交を目的とした城のようだった。敵を前に立てこもることを想定しているようには、とても見えない。

だから、だろうか。

城壁の前に降り立ったぼくは、そのまま一枚のヒトガタを、無人の門へと向ける。

「――ずいぶんと、脆そうな城だ」

《土の相――岩戸投げの術》

小山のような大きさの岩が撃ち出され――城門を、その周囲の城壁ごと粉砕した。

瓦礫が散り、粉塵が巻き上がる。

少し遅れて、兵たちの悲鳴や怒号が聞こえてきた。

何が起こったか、すぐには理解できないだろう。果たしてこの世界の魔術師に、城壁の高さをはるかに超える岩を生み出す者など、存在するのだろうか。

城壁の崩れた場所から、ぼくは悠然と城内に歩み入る。

『取り乱すなっ！　何があった⁉』

『なっ……城壁が……』

ネズミの耳から、衛兵たちの声が聞こえてくる。

『襲撃かもしれん、全員武器を取れ！　非番のやつらも起こしてこい！』

『おい……あそこに誰かいるぞ！　塔のやつらに伝えろ！』

「ほう」

ぼくは少し感心する。

混乱が収まりつつある。なかなか練度の高い兵たちのようだ。

二つの月が照らす異世界の夜の明るさが、今ばかりは疎ましい。

『あれが襲撃者か……？　おい、射るぞ！』

『くそっ……やってやる……っ！』

偶然にも、近くにあった二つの城壁塔から、ほとんど同時に矢が射かけられる。

ぼくはそれを見もせず歩みを進めながら、無言で術を発動した。

《陽の相――磁流雲の術》

ぼくを狙う矢が、ぐにゃりと逸れていく。

少しばかり出力を上げすぎたせいで、矢はぼくのだいぶ手前から、まるで見当違いの方向へ飛び去っていった。

城壁塔からは、戸惑うような声が聞こえてくる。

『なんだ、矢が……？』

『とにかく狙え！　城に近づけるな！』

再び矢が迫る。

もちろん、それらは当たるはずもない。

だが、決して気分がいいものでもなかった。

「……鬱陶しいな」

ぼくは城壁塔へとそれぞれヒトガタを飛ばし、片手で印を組む。

《土の相――要石の術》

注連縄《しめなわ》の巻かれた巨大な一枚岩が二つ降り、それぞれの城壁塔を完全に押し潰した。

同時に、式神からの声も途絶える。

「止まれッ‼」

並ぶ松明の明かりに、ぼくはわずかに目を細める。いつの間にか、はるか前方には衛兵たちが集っていた。

中央にいる隊長らしき男が、ぼくへ声を張り上げる。

「貴様は何者だッ！　何が目的で帝城へ参った⁉」

時間稼ぎか。

ぼくは足を止め、そう思い至る。

増援を待ちつつ、今のうちに貴人らへ避難を促すつもりだろう。

まあいい。忠告くらいはしてやろう。

「邪魔をするな」

ぼくの声に、隊長らしき男がたじろぐ気配がする。

「疾《と》く道を空けよ。従うならば、其の方らの命までは取らない」

「っ……！　放てッ‼」

こらえきれなくなったかのように、隊長らしき男が命令を下す。

弓兵の動きに、ぼくは再び《磁流雲》を使おうとして――――舌打ちと共に、その場から大きく跳び退った。

先ほどまでいた場所に、幾本もの火矢が突き立つ。

この術は、火矢には効果が薄い。

鏃の金属が熱せられると、十分な磁力の反発を得られないのだ。

おそらく視界を確保するためで、これを意図したわけではないだろうが……面倒なことだ。

あの隊長も目ざとい。弓兵に普通の矢でなく再び火矢をつがえさせているのを見る限り、この弱点を見抜かれたと考えていいだろう。

別の矢避けに切り替えようとしたその時、剣を抜いてこちらへ迫る兵たちの姿が目に映る。

ぼくは……急に、馬鹿馬鹿しくなってしまった。

思えばもう、こんなにちまちまと戦う必要などない。

「ああ、煩わしい」

《陽火の相――――皓焔《しろほむら》の術》

真白の炎が、夜を昼に変えた。

放たれた火矢は一瞬のうちに蒸発し、前の方にいた衛兵の一部が炎を上げて燃え始める。

白い炎に直接炙られてはいないものの、その輻射熱《ふくしゃねつ》で装備が自然発火したようだった。当然中の人体が耐えられるはずもなく、衛兵はそのままバタバタと倒れていく。

陰の気で余剰な熱を抑えなければ、《皓焔《しろほむら》》はこれほどまでに強い。

ぼくは全身にできた火ぶくれを治しながら、焼けただれた唇で笑った。

「はは」

《召命──鎌鼬《かまいたち》》

空間の歪みから現れたつむじ風が、残った兵たちを切り裂いていく。

しばらく暴れた鎌鼬は一度城の屋根に降り立つと、その手に生えた巨大な鎌の血を、毛繕いでもするかのように丁寧に舐めとった。そして再びつむじ風と化し、衛兵を血祭りにあげていく。

あれは鎌鼬の中でも特に体の大きく、力の強い個体だ。

あの鎌と風の刃に襲われれば、切り傷程度では済まない。

悲鳴と血しぶきの上がる惨劇を眺めながら、ぼくは笑う。

「ははは」

戦うことが好きなのだと、前にアミュは言っていた。

ぼくも同じだ。

いや、きっと誰もがそうだ。

力で悪いやつらを屈服させるのは気分がいい。

圧倒的な暴力で自らの正義を他者へ押しつける快感は、何にも代えられない。

この世には善も悪もない。

すべてはそれを為す力があるか、ないかだけ。

ぼくならば、あらゆることを為せるはずだ。

だからこそ、不思議だった。

どうしてこんなに──自棄《やけ》にならなければいけないのか。

白い炎が宙を薙ぎ、衛兵や建物の壁を溶かしていく。

縦横に走るつむじ風が、血煙を次々に巻き上げる。

「ははははは」

哄笑《こうしょう》は止まらなかった。

**岩戸投げの術**
直径十メートルを超える巨大な岩を撃ち出す術。大きさは可変。建物や地形の破壊用。

**要石の術**
注連縄の巻かれた巨大な一枚岩を降らせる術。大きさは可変。破魔の力が宿っており、殺傷した生命の怨霊化を防ぐ。

## 其の五　chapter III

城内の一画にある、一つの塔。

その地下へ続く階段を、ヒトガタの明かりで照らしながら、ぼくは静かに降りていく。

式神を放った時点で見張りすらいないのは気になったが、まあいい。都合がいいことには違いない。

やがて階段を降りた先に、その地下牢はあった。

ずいぶんと広い。場所が場所だけに、きっと普通の囚人を入れる牢ではないのだろう。

ぼくは、中で膝を抱えてうずくまる少女へと声をかける。

「アミュ」

毛布を被った制服姿のアミュが、顔を上げた。

「え……？　セ、セイカ？」

「無事かい？　助けに来たよ」

微笑と共に、ぼくは軽く鉄格子に触れていく。

ガリアの汞《ガリウム》で脆化した金属は、それだけでぼろぼろと崩れ去った。

アミュが目を丸くして言う。

「な、なんで……？　どうして、あんたがここに……」

「言っただろう、助けに来たんだよ。さあ、逃げよう」

ぼくが軽く笑ってそう言うも、アミュはまだ戸惑っている様子だった。

「あ、あんた、どうやってここまで入って来たわけっ？」

「あー……ちょっと、無理矢理ね。ぼく強いんだ。知ってるだろ？」

「は、はあ？　な……なに考えてんのよ！　あんた、そんなことしてどうなると思ってんの⁉」

「……」

「逃げようって、逃げ切れるわけないじゃない！　それに、こんなの……あんただけじゃなく、あんたの家族にも迷惑がかかるかもしれないのよ⁉　最悪、領地を取り上げられたりとか……」

「アミュ……これは、君の命に関わることなんだぞ」

「そっ……そんなのわかってるわよ！　あ、あたしは、大丈夫だから！」

アミュがそう言った。

それが精一杯の虚勢だということは、すぐにわかった。

微かに震える声で、アミュはまるで自分に言い聞かせるように続ける。

「あたし、なんにもしてないもん！　魔族なんて知らないし、きっとわかってもらえる！　すぐ出られるはずだから！」

「……」

「だから……あんたが逃げなさいよ！　なにやらかしたんだか知らないけど、まだ夜だし、きっと誰がやったかなんてわからないわ。だから、今のうち」

「……」

「学園で待ってて。あたしも、ぜったいすぐに帰るから。ただの平民にいつまでも構っていられるほど、お貴族様もきっとヒマじゃないわよ！」

強がるアミュの、無理矢理作った笑みを見て、ぼくはわずかに目を閉じた。

それから、静かに言う。

「そうはならないんだ、アミュ」

「え……？」

「君は勇者だから」

「ゆ……勇者？」

「そう」

ぼくは続ける。

「おとぎ話の勇者だ。数百年に一度、魔王と共に転生する、人間の英雄――――今回の勇者が君なんだよ、アミュ」

「そ、そんなの……」

「ただの平民じゃない。君には殺される理由があるんだ。力を持つ者は、そうでない者たちから恐れられ、疎まれ、排除される。いつの時代でも、どんな世界でもそうだ」

「……」

「逃げよう、アミュ。ここにいたら謀殺されてしまう」

目を見開き、言葉を失っているアミュに、ぼくは笑顔で手を差し伸べる。

「ほら、早く行こう。夜が明ける前に……」

その時。

ぼくは不可視のヒトガタを、通路の先に広がる闇へ向けた。

《火土の相――鬼火の術》

燐の燃える青い火球が飛び、暗い地下を照らす。

それはどこへも届かず、空中で風の魔法により迎え撃たれた。

砕け散った燐の核が、通路のあちこちで小さく燃える。

その儚い炎が浮かび上がらせる人影へ、ぼくは声をかけた。

「やあ、兄さん」

グライは険しい表情で杖剣を構えたまま、何も答えない。

ぼくは、思わず苦笑しながら言う。

「ずいぶん早い再会になったね。参ったなぁ、ここで兄さんに会いたくはなかったんだけど……。でも、仕方ないか。決闘でもするかい？　たしかまだ、約束を果たせていなかったよね」

グライは、ぼくの問いには答えなかった。

ただ張り詰めた声で言う。

「セイカ、お前はいったい……」

「その必要はありませんわ」

通路の奥の闇から、声が響いた。

ゆっくりと姿を現した人物を見て、ぼくは静かに呟く。

「フィオナか」

グライの前に歩み出た聖皇女へと、ぼくは皮肉げな笑みを向ける。

「このような場所に、なんとも似つかわしくない人物がいたものだ。しかしずいぶんといい時に現れる……いや、そうか。君には視えていたんだな？　今の、この瞬間が」

ぼくは笑みを消し、声を低くして続ける。

「如何《いか》な用向きで現れた、フィオナ。此度の釈明でもしてくれるのか。それとも……そこらに控えさせている有象無象に、ぼくの相手をさせるか？」

いつの間にか――この建物の周辺には、いくつかの気配があった。

ただの衛兵ではない。

おそらくは全員が、ガレオスや先の魔族パーティーに匹敵するほどの使い手。

きっとこいつらが聖騎士とやらなのだろう。

なるほど、ずいぶんと剣呑な人材を集めたものだ。

もっとも……この場においては、何の意味もないが。

「いいえ」

フィオナは、きっぱりとした口調で言った。

陶然とした雰囲気も、今はない。

ただ真剣な声音で続ける。

「そのどちらでもありませんわ。いずれも、今この場では必要のないことです。聖騎士は、外から邪魔が入らないよう見張らせているだけですわ。彼らにあなたを相手取らせることの無謀さを、わたくしは理解しているつもりです、セイカ様」

「ふん……未来視というのは便利な力だな」

ぼくは一つ息を吐いて問う。

「それで、何のために来た」

「その前に、あなたの問いに答えようと思います」

「……」

「いろいろと疑問に思っていることもあるはず。説明するくらいの誠意は見せるつもりです。その方が、わたくしがこの後にする提案も、受け入れてもらいやすくなるでしょうから」

「提案、か。ものは言いようだな……まあいい」

ぼくは、一番の疑問を口にする。

「なぜ、アミュは殺されようとしている？」

「……」

「帝国には敵がいるはずだ。魔族という、明確な敵が。如何にお前たちが臆病で、派閥の利益が大事だとしても、勇者を殺し、国としての優位を自ら捨てるなどあまりに不合理に過ぎる。お前たちは、そこまで愚かだったのか？」

「それは……いいえ、そうではないのです」

　フィオナは、わずかに言いよどんだ後、話し始める。

「かつてはこの帝国も……今よりずっと小さな国でした。人口は少なく、農地も限られ、属国も持っていない。国軍もなく、各地の領主が領民を徴兵する形で戦力をまかなっていたので、当然装備も貧弱で、満足な戦術もとれませんでした」

「……」

「そんな中で現れた勇者は、どれほど頼もしい存在だったことでしょう。その力は一騎当千、いえ、それ以上だったかもしれません。聖剣を手に、頼れる仲間と共に恐ろしい魔族の地に攻め入り、魔王を倒す英雄。伝説に語られるにふさわしい、まさに希望の象徴だったことでしょう……かつては」

「……」

「でも……今は、違います。知っていますか、セイカ様。今や帝国は、実に数十万もの兵を即座に動員できます。それも徴兵された農民などではなく、訓練を積んだ正規兵を。上質な装備や、進歩した攻城兵器などと共に。そしてそれは……魔族側も同じです」

「……」

「わかりますか、セイカ様。勇者も魔王も、すでに時代遅れの存在なのです。たとえ一人で数千の兵に匹敵するとしても、全体から見れば誤差のようなもの。戦争の趨勢を左右できるほどではありません。仮に魔王を……敵の指導者を倒したからといって、首都を制圧できるわけでもない。

所詮単騎でしかない勇者では、都市の占拠もままならないのです。賢明な者は皆、この事実に気づいている」

「……それがどうした」

ぼくは言う。

「戦力としての用を為さないからといって、殺す理由がどこにある。使えないのなら、捨て置けばいいだけだ」

「勇者は……存在するだけで、戦争の火種となるのです」

フィオナが続ける。

「考えてもみてください。魔族側に魔王が存在しない今、人間の側にのみ勇者がいるのです。伝説に語られる強さを持つ英雄が」

「……」

「この機に人間が攻め込んでこないと、誰が言い切れるでしょう？　戦力としての用を為さないことを、理解できないほどに人間が愚かだったら？　あるいは戦力にならないことを承知の上で、反魔族の旗頭として担ぎ上げられてしまったら？　一度戦端が開かれてしまえば、大戦となることは避けられません。ならば、せめて先手を取る……そう考える魔族の指導者がいてもおかしくはないでしょう。勇者は、開戦の火種となりうる」

「……」

「今はもう……誰も戦争など望んではいません。土地や安全を巡って争っていた頃とは時代が違います。魔族は我々とはあまりに文化が異なるために、属国として併合することもできない。勝ったところで利が少ないのです。そして戦争を望んでいないのは、おそらく魔族側も同じでしょう。勇者を討つ刺客を送ってくるのはそのため。彼らは争いを優位に進めたいのではなく、火種を消したいのです。戦争の火種を」

「……」

「我々と魔族は、商人を通した非公式の貿易などで、資源や工芸品をやりとりする程度が一番いい関係でしょう。つまり、今です。誰も大戦など望んでいない。波風が立つのは、誰にとっても都合が悪いのです」

ぼくは何か言おうと口を開き、そのまま閉じた。

その様子を見ていたフィオナが、続けて言う。

「加えて言えば……アミュさんがかつての勇者のような強さを得ることは、きっとないでしょう」

「……なぜだ」

「あなたがいるからですよ、セイカ様」

フィオナが、静かに続ける。

「勇者の強さとは、困難に打ち勝って得られるもの。自らの命や大切な何かを失いそうになりながら、強大な敵と何度も何度も戦って、ようやく手にするものなのです。あなたはアミュさんに――そのような状況を許しますか？　帝城へ攻め込んでくるほどに強く……優しいあなたが」

　沈黙するぼくに、フィオナはなおも言う。

「あなたがなぜ勇者に執着するのか、わたくしにはわかりません。未来視の力も、人が胸の内に秘め、決して表に出さない心までを知ることはできないのです。ですがもし、その理由が強さなら……セイカ様の思うようには、ならないと言っていいでしょう」

「……だからなんだと言うつもりだ」

　ぼくは問い返す。

「この子は強くならないから、ぼくの思う通りにはならないから……見殺しにしろと？　平和のために死ぬ様を大人しく眺めていろと、そう言いたいのか」

「いいえ、そうではありません。そのようなことは、わたくしも望んでいません」

　フィオナは、はっきりとした口調で否定する。

「先ほどわたくしが言ったことは、あくまで物事の一面です。むしろ勇者を排すべきと考える過激派は、ごく一部に過ぎません。勇者に有用性を見出す者、魔族が勢いづく可能性を指摘する者、魔王の存在を懸念する者……有力者の間でも、反対する者はたくさんいます。今回の蛮行は、ほぼグレヴィル侯一人の暴走と言えるもので、帝国の総意では決してありません。学園派閥の者たちはアミュさんを守る方向で動いていますし、わたくしもそうです」

「……」

「セイカ様。わたくしの要求は一つです」

　そして、フィオナは告げる。

「今は退いてください」

「……」

「アミュさんには誰にも、なにもさせません。わたくしが持つ力のすべてでもって、無事に学園へ帰します。親類縁者にも、ぜったいに累がおよばないようにします。あなたが今夜の咎を負うこともありません。今退いてくだされば、必ず元の学園生活へ戻れます。帝国を……あなたが敵に回す必要も、なくなります。だから……」

「はは、なるほどな」

　ぼくは乾いた笑いと共に言う。

「ようやくわかった。君がアミュに……いや、アミュとぼくに会いたがったのは、今この時に、その要求をするためだったんだな」

「っ……ええ、そうです。知ってほしかったのです、わたくしという人間を。たとえ短い間でも、友誼《ゆうぎ》を結びたかった」

「ははは……」

「覚えていらっしゃいますか、セイカ様。戦棋での約束を。負けた方は、勝った方の言うことをなんでも一つ聞くと、あなたは約束してくださいました。今、それを叶えてほしく思います」

「……」

「わたくしを信じてください」

「……」

「信じてくださるのならば……わたくしも、必ず約束を果たします」

「ふふっ……」

「セ、セイカ」

その時、アミュが横からぼくの袖を掴む。

「あの、フィオナとあんたの兄貴は……」

「アミュ」

ぼくは少女へ短く告げる。

「君は少し黙っていなさい」

「っ……」

押し黙るアミュから目を離し、ぼくはフィオナへ言う。

「戯れにした約束事にしては、ずいぶんと過大な願いを口にするじゃないか、フィオナ」

「それは……」

「無理な事柄ならば拒否してもいいと、君はそうも言ったはずだ」

ぼくは告げる。

「君たちの、いったい何を信じろと言うんだ?」

フィオナは唇をひき結び、痛みをこらえるような表情で押し黙った。

決定的な決裂に、場の空気が張り詰めていく。

杖剣を構え直すグライが、堪えきれなくなったように口を開く。

「セイカ、お前……っ」

「いえ……わかりました。ならば結構です」

それを遮るように、フィオナが声を上げた。

「どうぞ、アミュさんを連れて行ってください」

「……なんだ、ずいぶん物わかりがいいじゃないか」

「正門を出た先の広場に、馬車を用意してあります。夜でも走れる馬ですので、すぐにでも出発できます。学園には戻れないでしょうが、逃げる先は決めていましたか？」

「……」

「あてがないのであれば、ラカナ自由都市へ向かうといいでしょう。ダンジョンによって発展した、冒険者の街です。あそこの首長はわたくしの協力者で、すでに話は通してあります。セイカ様のことは隠蔽するつもりですが、アミュさんがいなくなったことだけは隠しきれませんので……もしも追っ手がついた際に、便宜を図ってくれるでしょう」

「……まるで、ぼくが断ることまで予期していたかのような準備のよさだな。それで？　罠はどこに張っている」

「あなたにそのようなものが意味をなさないことくらい、わたくしは理解しているつもりです。もしあったなら、その時はラカナでも帝城でも好きに落とされるといいでしょう」

「……」

フィオナは、ふと笑って歩き出した。

ぼくの脇を通り過ぎ、階段の前に立つと、振り返って言う。

「さあ、どうぞこちらへ。馬車のところまでわたくしが案内いたしましょう。もしまだ信用できないというのなら、ラカナまで同行しても構いませんよ？」

「────フィオナ、ソコマデスル必要ハナイ」

突然どこからともなく、地底から響くような低い声が聞こえた。

声の主の姿は、どこにも見えない。ぼくの感じ取っていた気配のどれでもないようだった。

「自ラ人質トナルツモリカ。ソレハ我トノ約定ニ……」

「黙りなさい」

ぼくが呪《まじな》いを使う前に、フィオナの一語が声を遮った。

その声音は初めて聞くほどに鋭く、ぼくも思わず手を止めてしまう。

「今わたくしの邪魔をすることは許しません。わきまえなさい。たとえあなたであっても、セイカ様の相手になるとは考えないことです」

フィオナの言葉には、わずかな焦りの響きがあった。

謎の声が沈黙したことを確認すると、フィオナは微笑を作ってぼくへ向ける。

「失礼いたしましたわ。あれもわたくしの聖騎士ですの。少しばかり心配性なだけですので、お気になさらず。後でよく言い聞かせておきますわ。さあ、参りましょう」

背を向けて階段を登っていくフィオナを、少しの間眺め────ぼくは、アミュの手を取った。

「行こう」

手を引くと、少女は顔をうつむけたまま、大人しくついてくる。

ぼくは上へ続く階段へ、足をかけた。

◆　◆　◆

塔から出ると、城内はぼくが暴れたことなど嘘だったかのように静かだった。

きっとその辺りの始末も、フィオナはすでに手を打っていたんだろう。

広場は、崩れた正門を抜けてすぐのところにあった。

「……本当に、馬車を用意していたんだな」

広場の片隅、樹に繋がれた一頭立ての馬車を見て、ぼくは呆れ半分に呟いた。

その時ふとあることに気づいて、思わず顔が引きつる。

「うふふっ、もちろんです。馬も馬車も、どちらも上等なものですよ。セイカ様が気分を悪くするといけませんから」

フィオナが機嫌よさそうに言う。

「食糧や路銀も積んでおきました。ラカナまでは十分持つことでしょう。アミュさんの剣も、ちゃんとありますよ」

「そ、そうか……」

「それで、どうしましょう？　わたくしもついて行った方がよろしいですか？」

ぼくは短い沈黙の後、目を伏せて答える。

「……いや、いい」

「そうですか……いくらかは信用してもらえたのだと、そう受け取っておくことにしましょう。ここに残れた方が、わたくしとしても今後の動きが取りやすいですしね。お二人と共にラカナへ行くのも、楽しそうではありましたが」

フィオナは、微笑と共に続けて言う。

「さあ、乗ってください。今なら南の門から出られます。早く発った方がいいでしょう。いつまでも帝都にいるのは、あまりよくありません」

「……アミュ、ほら」

「う、うん……あ、フィオナ」

馬車に乗り込もうとしたアミュが、ふとフィオナの前で立ち止まった。

「はい？」

「あの……これ、ありがとう。助かったわ」

そう言って、手にしていた毛布を差し出した。

ぼくの視線に気づくと、ぽつぽつと説明し始める。

「あの牢屋に入れられて少し経った時、フィオナとあんたの兄貴が来てくれたの。食べ物と毛布をくれて……ぜったい出られるからって、ずっと励ましてくれてた」

「え……」

「これ、たぶんだけど、いいものよね？　あったかかった」

フィオナは毛布を受け取ると——小さく笑って、それをアミュの肩に掛けた。

「持って行ってください。夜はまだ冷えますから、道中に必要でしょう」

「いいの？　ありがとう……」

「うふふ……お元気で。ラカナへ向かったことは、イーファさんとメイベルさんにもちゃんと伝えておきますわ。またいつか、一緒にお話ししましょう」

「うん……あ、でも、あいつは一緒じゃなくていいけどね」

「グライは本当にひどいですわね。わたくしも驚きました。制服姿のアミュさんを見るなり、馬子にも衣装って……女性の扱いをわかっておりませんわ。あれは教育が必要ですわね」

「あの時、あんた普通にひっぱたいてたものね。失礼なのが直るまでは、あたしもぜったい会わない」

「うふふふっ」

アミュは馬車に乗り込むと、フィオナへ小さく手を振る。

「じゃあね、フィオナ。本当にありがとう」

「さようなら、アミュさん」

それからフィオナは、ぼくへ向き直る。

「それでは、セイカ様」

「……フィオナ」

ぼくは一つ息を吐いて、彼女の名前を呼んだ。

フィオナは、戸惑ったように首をかしげる。

「はい？」

「戯れにした約束事とはいえ、守れなくて悪かった」

フィオナは一瞬黙った後、微笑んで答える。

「いえ、お気になさらず。セイカ様の言う通りでした。遊戯の賭け事に要求するようなことではありませんでしたね」

「それでも約束は約束だ。果たせなかったのはぼくの落ち度に違いない。だから……せめてこれくらいはさせてくれ」

「……？　なにを……」

ぽかんとするフィオナの前を通り、帝城を前に見据える。

ここへ降り立ったのは一刻ちょっと前だ。ブロックを八つも遡れば事足りるだろう。

小さく真言を唱えると――空間が歪み、位相から無数のヒトガタが夜空に吐き出された。

それは宙を滑るように飛ぶと、帝城を中心に規則的に配置されていく。

やがてそれぞれが呪力の線で結ばれ、立体的な魔法陣が完成する。

「ओम्　अपाकरोति　पदाथो　समुद्दिशति　इषटका　अषटम　पूवॅम्――」

両手で印を組み、真言を唱える。

「――वगॅ　हीः　समय　समपति――」

数えるほどしか使ったことのない――――転生の呪《まじな》いにも匹敵する、理外の術。

「――――लक्ष्य साधनवस्तु पशु आतमन्――――」

そして――――変化が起き始めた。

飛び散っていた城壁の瓦礫が薄れ、その輪郭がぶれる。

一つだけではない。あちこちに存在するすべての瓦礫や降り積もっていた粉塵が、まるで水面に映った月のように揺らぎ、消え出した。

代わりに崩れていたはずの城門や、跡形もなくなっていた城壁塔が、その姿を取り戻し始める。

目をこすれば消えてしまいそうなぼんやりとした影から、次第に色味が付き、破壊される前の形へと復元されていく。

変化は、それだけに止まらなかった。

溶けていた城の壁が。

切り裂かれていた庭園の木々が。

そして――――命の失われていた兵たちまでも。

理外の呪《まじな》いにより、一刻と少し前の形にまで戻されていく。

やがて――――。

「……こんなものか」

ぼくは印を組んでいた手を下ろした。

帝城は、すでにぼくが訪れた時の姿に戻っていた。

あれほどの破壊の痕跡など、もうどこにもない。

フィオナへと向き直って言う。

「一応これで、全部元に戻ったはずだ。ただ、兵の魂までは保証できない。たぶん大丈夫だと思うけど……もし虚ろな者がいたら、その時は楽にしてやってくれ」

フィオナは、目の前の光景が信じられないかのように唖然としていた。

だがやがて、急に怖い顔になってぼくに言う。

「まったく、大変なことをしてくれたものです！」

「え」

「せっかく強大な魔族の襲撃があったという体で収拾をつけようとしていたのに！　あれだけの破壊も兵の命も、すべて元に戻っただなんて……こんなものどう説明しろと言うのですか！」

「そ、それは……幻術だった、とかでなんとかならないか」

「このような幻術がありますか！　あなたはわたくしに嫌がらせがしたかったのですかっ⁉」

「い、いや違っ……よ、よかれと思って……」

「だったらなぜ事前に説明せず、勝手にやってしまうのですか！　一言言ってくれるだけでよかったのに！」

「う……」

「もう！　あなたはそういうところが……」

そこで、フィオナは言葉を止めた。

そして、自分を恐る恐る見つめるぼくを見て――――溜息と共に、仕方なさそうな笑みを浮かべる。

「でも……あなたらしいです」

「……」

「大変ですが……なんとかしましょう。約束してしまいましたからね」

フィオナは、踵を返した。

それから、首だけで振り返って告げる。

「さようなら、セイカ様。きっとまた、会える時が来ることでしょう」

◆◆◆

帝城へ帰って行くフィオナをしばらく見送った後、ぼくは樹に繋がれていた馬の縄を外し、馬車の御者台へと乗り込んだ。

手綱を握る。

明るい夜だ。馬も落ち着いている。出立に問題はないだろう。

ただ……。

「セイカ」

後ろから、アミュの声が聞こえてくる。

「……ん？」

「あたし……正直まだ、状況が飲み込めてないわ」

「……」

「なんなのよ、勇者って」

「……」

「あんたがフィオナと話してたことも、ちんぷんかんぷんだし」

「……」

「なに？　あたし死ぬところだったの？　あと勇者なのに強くなれないの？　そして学園は退学になるわけ？　もうわけわかんないわよ」

「……」

「あたしはあんたやイーファみたいに頭よくないの。ちゃんと説明してくれるんでしょうね」

「……ああ」

「じゃあ、いいわ。今は早く帝都から離れましょ。長居しない方がいいって、フィオナも言ってたし」

「なあ、アミュ……一つ訊いていいか？」

「なによ」

「馬車って……どうやって動かすんだ？」

「…………はああ⁇」

アミュが、後ろで身を乗り出す音がした。

「なに？　あんた動かし方わかんないの？」

「わかるわけないだろ……！　あんなに苦手だったのに」

「じゃ、あんたなんで御者台に座ったの？」

「アミュがそっち乗ったから……」

「え……？　待って待って、頭痛くなってきた」

アミュが混乱したように言う。

「そもそも、それじゃあんたどうするつもりだったの？　なんでフィオナに御者も欲しいって言わなかったのよ」

「言えるわけないだろ、あの雰囲気で……！」

これだけのことをやらかし、後始末を任せて逃げようって人間が、馬車までもらった挙げ句に動かし方がわからないだなんて情けなさすぎる。

「こ、こんな時になに見栄張ってんのよ！　フィオナだったらすぐ用意してくれたでしょうに！　はあ……男ってほんとバカね」

「返す言葉もないよ」

「というか、あんたも男だったのね」

「それはいくらなんでもあんまりじゃないか」

「あんたが人間だってところから、あたしちょっと忘れてたわ……どきなさい」

アミュが御者台にまで顔を出しながら言う。

「君、馬車動かせるのか?」

「一回しかやったことないけどね。でもあんたよりはマシよ。ほら早く」

言われた通りに交代する。

アミュは手綱を握ると、苦笑して言った。

「先が思いやられるわね」

「なんというか申し訳ない」

「でも、少し楽しみ。ラカナは、一度行ってみたかったもの……これからよろしくね、セイカ」

アミュが、手綱を軽く打ち付ける。

馬車は帝都の城門へ向け、静かに走り始めた。

**金喰汞の術**（術名未登場）

ガリウムによって金属を脆化させる術。ガリウムは融点が三〇℃程度しかない液体金属で、他の金属の結晶内部に侵食し、ぼろぼろにしてしまう性質を持っている。実際に発見されたのは近代だが、作中世界ではフランク王国（現フランス）の錬金術師がピレネー山脈近郊で採れる鉱物から分離しており、産出地域であるガリア地方からガリウムと名付けていた。

# 幕間　聖皇女フィオナ、帝城前にて

chapter III

フィオナは走り出す馬車を遠くに見て、口元に微かな笑みを浮かべた。

本当は御者も必要だと泣きつかれることを期待していたのだが、どうやら自分で動かせたか、アミュに頼ったらしい。少し残念だが、仕方ない。

城門の向こうは、慌ただしそうな様子だった。

きっと生き返った兵たちが混乱しているのだろう。

さて、どうやって城内へ戻ろうか。

破壊された城門を元通りにされるなど、想定していなかった。当然、今は閉まっている。声を上げたとしても、混乱している中の兵に聞こえるだろうか――。

「フィオナ」

ぼんやりと考えていると、地の底から響いてくるかのような低い声が、どこからともなく聞こえた。

「ソノヨウナ場所ニイテハ、危険ダ。我ガ、城内へ戻シテヤロウ」

いかにも恐ろしげだが、フィオナにとっては幼い頃から慣れ親しんだ声だった。

序列一位にして、最初の聖騎士。

心配性なところだけが、玉に瑕《きず》だ。

フィオナは目を閉じながら、やや煩わしそうに声へ答える。

「もう少し、ここで夜風に当たっていたいのです。賊が現れた際には、お願いします」

「……少シダケダゾ。アマリ長クイテハ、風邪ヲ引ク」

フィオナは、夜空を見上げた。

よく晴れた、気持ちのいい春の夜だ。

セイカと共に、かつてこんな夜空を眺めたことがあった。

もちろん、それは実際にあった記憶ではない。

幼い頃に視た、ありえたかもしれない可能性の未来の一つだ。

太い運命の流れではなく、蝶の羽ばたき程度のきっかけで変わってしまった、儚い未来。

フィオナは、溜息と共に言う。

「あの時は焦りました。余計なことをするのはやめてください……セイカ様でも、あなたのような存在にまで容赦されるかはわかりません。まだ、あなたを失うわけにはいかないのです」

「オ前ハ、何ガシタカッタノダ」

「セイカ様に、最初の提案に乗っていただきたかったのですが、無理でした。さすがに交流の期間が短かすぎましたね。あのまま退いてくだされば、すべてを丸く収めることができたのですが……仕方ないです。でも最後には信用してもらえたようですし、用意した逃亡先にも向かってくれましたから、よしとします。うふふっ、少しばかりの意地悪もできましたしね」

「今夜ハ、オ前ガ動カナケレバナラヌホドノ、大事ダッタトイウコトカ」

「ええ」

「……アレハ、何者ナノダ？」

聖騎士が、険しい声音で訊ねる。

「アレホドノ存在ヲ、我ハ知ラヌ。コノ無駄ニ生キナガラエタ生ノ記憶ノ中デモ、ハッキリト隔絶シタ、強者ダ。尋常ナ者トハ、思エヌ」

「此度の魔王ですよ」

聖騎士の問いに、フィオナは短く答える。

「魔王、様、ダト……？　確カニ、ワズカニ魔族ノ気配ガシタ。ダガ……」

「あなたの知る魔王でも、あれほどの強さは持っていませんでしたか？」

「……アア、ソノ通リダ」

「なるほど。やはりセイカ様は、特別に強きお方のようですね」

「……ナゼ、嬉シソウナノダ」

「言っておきますが、セイカ様の強さの理由は、わたくしにもわかりませんよ。わたくしは未来は視えても、過去は視えませんから」

「アノ者ハ、初メカラアアダッタノカ」

「わたくしの知る限りでは、そうですわね」

かつて視た未来の中では、今よりもずっと年若い頃に出会ったこともあった。

その時ですら、セイカは変わらずに強かった。

特別な何かを学んだり、修業をしているような場面は一度も視たことがない。

「……ワカラヌ。アレハナゼ、勇者ヲ守ロウトスル。ソレモ、コノ国ノ城ニ攻メ込ンデマデ。魔王ガ勇者ヲ助ケルナド、聞イタコトモナイ」

「それは」

「待テ、言ウナ……！　ワカッタゾ」

「……？」

「我モ、人間ノ国デ過ゴシテ長イ。コレクライノコトハ、察シガ付ク……アヤツラハ、恋仲ナノダロウ。ソウニ違イナイ」

「……は？　何を言っているのですか、あなたは」

フィオナは冷め切った口調で言う。

少しばかりの不機嫌さも混じってしまったが、これは寒さのせいだ。

「呆れました。まさかあなたが、そんな町娘のようなことを言い出す日が来るとは」

「ム……デハ、ナンナノダ」

「親しい人だったからですよ」

「……ソレダケカ？」

「そうです。あの方は、親しい者ならば誰だって助けます。自らの従者でも、学友でも、兄弟でも両親でも……きっとわたくしのことだって、同じ状況になれば助けてくれたはずです。ぜったいそうです」

「願望ガ混ジッテイル、気モスルガ……」

　最初の聖騎士は、戸惑ったように言う。

「俄《ニワカ》ニハ、信ジラレン。アレホド隔絶シタ強者ガ、ソノヨウナ慈悲ノ心デ、動クモノカ。マルデ、普通ノ人間ノヨウナ」

「セイカ様は普通の人間ですよ」

「アリエン……ソノヨウニ言エルノハ、オ前ガアノ者ノ持ツ力ヲ、真ニ理解シテイナイカラダ。我ハ、ヒタスラニ恐ロシイ……カツテ勇者ト相見エタ時モ、コノヨウナ感情ヲ抱イタコトハ、ナカッタ。アノ者ハ、恐ラクコノ世界スラ、容易ク滅ボセルダロウ」

「そうですか。でも、セイカ様はそのようなことはなさらないでしょうね」

「ナゼソンナコトガ、言エル？　オ前ハ、アレノ何ヲ知ッテイルノダ……。アノ者トノ未来ヲ数度視タ程度デ、何ガワカル」

「わかりますよ。数度どころではありません……幼い頃は、何度も何度もこの力を使い、あの方に会おうとしていたのですから」

　今でも、よく覚えている。

　幼少期に、淡い憧れと共に目に焼き付けた、儚い未来の日々を。

「うふふっ。セイカ様は――――」

　フィオナは、どこか自慢げに笑う。

　あの人は、いつでも優しく、強かった。

優しく、強いがゆえに、最後はいつも苦しんでいた。

優しさゆえに、力を振るわざるを得なくなる。

たとえ、その先に破滅が待ち構えていると知っていても。

だから――――自分も、強く生きようと決めたのだ。

まだ視たことのない、セイカにとっても帝国にとっても、最良となる未来を目指すために。

「――――そういう、優しい方なのです」

# 書き下ろし番外編

Extra edition

それは一生に一度の、記念すべき日でした。

日の光が差し込む荘厳な聖堂で――――わたくしの目の前に立つ、夫となるあのお方が、柔らかく微笑んでいます。

わたくしもそれによく似た、だけど少しだけ照れくささの混じった表情をしていました。嬉しいことだと、そこにいるわたくしは素直に感じているようでした。

やがて、式も佳境に入ります。そのお方が、わたくしの顔にかかったヴェールを持ち上げました。

秀麗なお顔が、ゆっくりと近づいてきます。

わたくしは静かに目を閉じながら、誓いの接吻を受け入れ――――。

「――――っっ⁉⁉」

そこで、思わず匙を取り落としてしまいました。

床に匙が転がる小気味いい音を聞きながら、食べかけのシチューを口からだらだらこぼしつつ、わたくしは呆然とします。

夕日の差し込む、こぢんまりとした、だけど手入れの行き届いた部屋。

そこは聖堂などではなく、いつもの食卓でした。

もちろん、結婚式などしていません。

その時のわたくしは、まだ齢三つを過ぎたばかりでした。

「フィオナお嬢様⁉」

「あら大変！　すぐに新しいお召し物を。お気分が優れませんか？」

侍女たちがあわてふためいて、口元や服のシチューを拭ったり、匙を片付けたりし始めます。

わたくしはしばらくぼーっとなされるがままにしていましたが、突然弾かれたように立ち上がると、食卓を飛び出しました。

廊下を走り、一目散に薄暗い自室へ飛び込むと、ベッドの上で毛布を被って丸くなります。

「フィオナお嬢様ー？　どうされましたかー？」

「何があったの？」

「さあ」

「ふん、変な子だよ。やはり生まれが……」

侍女たちの声が聞こえてきます。中にはあまり気分がよくないものもありましたが……わたくしはそれどころではありませんでした。

なに⁉　なんだったのあれ！

顔や首元が熱く、心臓もドキドキしています。

あんな光景を視たのは初めてでした。

あれが、未来のわたくしと……夫となる方の、姿だったのでしょうか。

お名前も覚えています。たしか……。

「セイカ、様……?」

それが、わたくしがセイカ・ランプローグ様を初めて目にした日のことでした。

◆　◆　◆

わたくしには、物心ついた頃から未来が見えていました。

もっとも、それが未来だと知るまでには、長い時間がかかりました。

ある日のこと。その光景の中では、窓の外に雪が降っていました。

「あしたは雪が降るよ」

それは現実のものとなり、次の日にはその年初めて暖炉に火を入れました。

またある日のこと。その光景の中で、わたくしは野ウサギと戯れていました。

「あさってね、ウサギさんがお庭に遊びに来るの!」

そう言って、翌々日は侍女とずっと庭で待っていました。

しかし、結局野ウサギが現れることはありませんでした。

そのまたある日のこと。その光景の中で、わたくしは年に一度のお祭りを侍女たちと共に楽しんでいました。

「お祭りの日はいい天気みたい!　たのしみ!」

そうして迎えたお祭りの日は、快晴でした。

しかし、前日にはしゃぎすぎていたわたくしは熱を出し、お祭りには行けずにベッドの上で一日を過ごすことになりました。

「フィオナお嬢様の占いはよく当たる」

当たったり外れたりするわたくしの予言を、侍女たちはそのように解し、冗談半分に話題に上げていました。

わたくし自身も、念じれば脳裏に浮かぶその光景のことを、白昼に見る夢のようなものだと思っていました。視る時期を選ぶこともできず、たまに現実化するという程度の、儚い夢。

わたくしは知らなかったのです。未来は変わりうるという、当たり前のことを。

意図するしないを問わず、それどころかまったく関わりのないような行動一つでも、未来は大きく変わってしまう。

もっと早くに気づいていれば、今とは違う未来に行き着いていたかもしれません。

◆　◆　◆

セイカ様と結ばれる光景を視たあの日から、日々の暮らしのすべてが色づいて見えるようになりました。

その頃、わたくしは両親を知りませんでした。母はわたくしを産んで亡くなり、高貴な身分である父は、事情があって会いに来ることができない……と、周りの者たちからは聞かされていました。

辺境の小さな屋敷で、侍女たちと送る生活は、穏やかではありますが色味のないものでした。

きっと、死ぬまでこの暮らしが続くのだろうと、それが人の一生なのだろうと、おぼろげながらに考えていたことを覚えています。実態は軟禁生活だったのですから、無理もありません。

ですが、どうでしょう。

わたくしも将来、伴侶を得られるのです！

もちろん、その夢は現実化しないかもしれません。ですが、侍女たちの会話でしか知らなかった結婚というものが、ここにはない新しい生活が、今の暮らしの先に待っているのかと思うと、心が躍りました。

セイカ様が素敵な方だというのも大きかったです。

とても落ち着いていて、知的で、優しい方でした。すっきりとしたお顔も、その、とてもよいものでした。

さらには、強くもありました。

杖の代わりに紙の札を使う符術の魔法を巧みに操り、時には強力なモンスターまで召喚していました。セイカ様には、誰も敵わないと思うほどでした。しかし一方で、決してその力を誇示することはありませんでした。

これまでに見た、誰よりも大人な方でした。

未来の光景の中では、同い年であるはずなのに、わたくしの方がひどく子供っぽく思えて、恥ずかしくなったほどです。

そこでわたくしは、幼心ながらにがんばろうと決めました。

言葉遣いに気をつけ、退屈だった礼儀作法の勉強にも、真剣に取り組むようになりました。

でも、もちろんそれだけではダメです。中身も伴わなければ。

「わたしに政《まつりごと》を教えて」

ある日、わたくしは家庭教師の一人にそうお願いしました。

セイカ様は伯爵家の子息であるものの、どうやら貴族として生計を立てているわけではないようでした。しかし裕福な暮らしを送っていたので、きっと実家や他の家と繋がりがあったことでしょう。わたくしは下級貴族の娘として婚約し、嫁ぐようでしたので、その辺りに無知ではいけない……と思っての申し出でした。

家庭教師は少し迷ったようでしたが、すぐに了承してくれました。

そうして、わたくしは政治を学び始めました。

それは、思いのほかわたくしに合っていました。

家庭教師も優秀だったのでしょう。本質にたどり着くのに、さほどの時間はかかりませんでした。

乾いた土に雨水がしみこんでいくように、わたくしは知識を吸収していきました。

これで、セイカ様のお役に立てる！

そんな思いとは裏腹に――――未来の中のセイカ様は、だんだんと思い悩む顔をするようになっていきました。

「どうして……?」

　理由がわからず、わたくしは混乱しました。

　ですが、せめて彼の力になろうと、それまでよりもっと学問へ打ち込むようになりました。商学、法学、軍学、弁論術に修辞学。

　しかし、未来は変わりません。

　それどころか、状況はさらに悪くなっているようでした。

　セイカ様の表情には険しさが増し、強力な符術を使う機会も次第に増えていきました。

　その頃になって、ようやくわたくしは気づきました。わたくしが学べば学ぶほど、セイカ様を苦しめていることに。

　セイカ様がわたくしに向けてくださる顔は変わりません。ですが――――わたくしが無知な小娘であれば起こらなかったはずの問題が、この先の未来では起こってしまうようでした。

　勇者に、魔王。そんな言葉も聞くようになりました。

　おとぎ話に語られるそれらが、未来でどんな深刻な意味を持っているのか、その時のわたくしにはわかりませんでした。でも、人々がそのことを語っている時、雰囲気はいつも沈んでいました。

　視える光景は、どんどん不安定なものになっていきました。

　セイカ様と出会う時期や、互いの身分、共に過ごす景色は、視るたびに変わりました。

　やがて、セイカ様と婚約しない未来までもが視え始めた頃――――自分の中で限界が来ました。

わたくしは学ぶことをやめました。

家庭教師や侍女たちが、何があったのかとしつこく問いただしてきましたが、わたくしはすべて無視して沈黙を守りました。

これ以上、未来が変わってしまうのが怖かったのです。

そして何もしない限り、わたくしは幸せな夢を見続けられました。

「商人の馬車が減った」

「関税が……」

「今の領主になってから……」

ちょうどその頃、わたくしの住む辺境の地には、不穏な空気が漂い始めていました。

領主である子爵が、代替わりして少し経ってからのことです。前領主とは違い、放蕩者《ほうとうもの》のひどい人物であるという噂が、わたくしの耳にも入ってきていました。

近いうちに起こる、あまりよくない未来も視えるようになりました。

それでも自分には関係のないことだと、わたくしはひたすらセイカ様との未来に耽溺《たんでき》するばかりでした。

◆ ◆ ◆

ある朝、わたくしはひどい悪夢に飛び起きました。

びっしょりと汗をかいた寝間着のまま、大好きな侍女の名前を呼びながら、屋敷の中を走り回ります。

「あら。どうされましたか、お嬢様」

やがてその侍女を見つけると、わたくしは半泣きで抱きつきました。

「あらあら、仕方ないですね。うふふっ。何があったのか、教えてくださいますか？」

わたくしは答えます。

「××××が、死んじゃう夢をみたの」

「まあ」

××××が、わたくしの頭を優しく撫でます。

「大丈夫です。わたくしはここにおりますよ、お嬢様」

××××の服に顔を埋めてぐずるわたくしは、その声に少し安心しました。

しかし、それでもまだ――――何か、とてもよくない予感が、胸の中に残っていました。

寝起きのまどろみのせいで、どちらかわからなかったのです。

あの夢が、夜に見るただの悪夢だったのか……それとも、現実になり得る未来なのかが。

わたくしは顔を上げます。

こちらを見下ろす××××の表情は、少し疲れているようにも思えました。

◆　◆　◆

最悪なことに、予感は現実のものとなりました。

ある朝起きた時、わたくしはそのことをはっきりと覚りました。

それでも微かな希望にすがって、食卓にいた侍女の一人に訊ねます。

「××××は……？」

その顔に浮かんだ表情を見て、わずかな希望も消え失せました。

身投げ、とのことでした。

街の収益が悪化したせいで、借金を作って首をくくった恋人の、後を追ったようでした。

嫁ぎ先もなく働きに出ていた、下級貴族の三女でした。

初雪が降った日に、共に暖炉にあたった侍女でした。

庭で、一緒に野ウサギの訪問を待っていた侍女でした。

消えてしまった未来で、お祭りの日をわたくし以上に楽しんでいた侍女でした。熱が出た夜に、おとぎ話を語ってくれた侍女でした。

礼儀正しく、でもどこか子供っぽい、わたくしの大好きな人でした。

許せませんでした。

原因を作った領主でも、死んだ恋人でも、わたくしを置いていった××××でもありません。

他の誰よりも、わたくし自身を許せませんでした。

わたくしならば――きっと、なんとかできたからです。

この未来を、避けることができたはずだからです。

セイカ様ならば、迷うことなく行動を起こしたでしょう。

それなのにわたくしは、あの方との未来を夢に見るばかりで、目の前の現実やほんのすぐ先の未来に、目を向けようともしませんでした。

わたくしは再び書物を手に取りました。

それまで以上の速度で、知識を取り込んでいきました。体系立った学問ではなく、敵を追い詰めるために要る、実践的な知識を。何が必要か、すでにある程度わかっていました。

手紙もたくさん書きました。過去に顔を合わせたことのある程度の、わずかな伝手まで使って、強引に渡りをつけていきました。

未来は、たくさん覗き見ました。

そうやって知るべきことを把握し、手紙の内容を考えていきました。

終着までの道筋も。

◆　◆　◆

そして、その日がやってきました。

「これは殿下……いえ、フィオナお嬢様。ようこそお越しくださいました。たしか、爵位継承の式典以来でしたかな？」

現領主である子爵が、肥えた顎をさすりながら言います。

血色も良く、領地の経営状況が悪化しているはずなのに、ずいぶんといい暮らしをしていることがうかがえました。

「して、本日は何用で……」

「その爵位ですが」

わたくしはいきなり本題に入ります。前置きなどいりません。

「帝国へ返上願えますか、ブロード卿」

「……はっ、いきなり何を」

わたくしの合図で、侍女の一人が、手にしていた書類の束を床へ放りました。

言葉を止めてそちらに目を奪われる子爵へ、わたくしは言います。

「帳簿です。周辺の地で売買された、金の量が記されています」

「……っ‼」

「これ以上の言葉は不要と存じますが」

子爵が手を染めていたのは、金の密輸でした。

商人が扱う品物によっては、領主の定める関税以外に、帝国へ直接納めなければならない税がかかる場合があります。金も、その一つです。

子爵は、この地に流通する金を他の品物と偽ることにより、帝国へ納めるべき税を着服していたのです。

失策を重ね、領地の経営状況が悪化しても、それを省みることなく今度は不法に手を染める。

この地の領主は、そんな人物でした。

ブロード子爵は、顔の半分を憤怒で、もう半分を侮蔑で歪ませます。

「ぐ、ぬ……はっ、禁忌の落とし子風情が何を！　手勢もなしに乗り込んでくるとは愚かな……」

「偶然にも」

最後まで言わせません。内容は何度も聞きました。時間の無駄です。

「明日、近隣地の領主たちが抱えるダーレク騎士団、メレド・ミレ騎士団、フォーロート傭兵団が、交流を兼ねた軍事演習の目的で、わたくしの屋敷に集うことになっています。今頃はすでに発っているはず」

「……は？」

「わたくしが弑《しい》されたあかつきには、彼らが共同で、反逆者を討ってくれることでしょう。そして、この地は彼らの主へ割譲されることになる」

「なっ、ば、馬鹿な、そんなことが……」

もちろん、半ば以上はったりです。でも、効くことはわかっていました。

「あ、ありえない、領地を巡った争いは、帝国法で禁じられて……」

「領地争い？　うふふっ。おかしいですわ、ブロード卿。目を開けたまま寝言をおっしゃるなんて、白昼夢でも見ていらっしゃって？」

「……！」

「彼らは、帝国への反逆者を討つのです。このフィオナ・ウルド・エールグライフは、現皇帝の実子であり、正統な皇位継承権を持つ皇族。わたくしを弑逆すれば、まぎれもなく帝国への反乱の意思ありと受け取るでしょう。そう受け取りたい者であれば、特に」

「……っ」

「この地を去るのです、ブロード卿。あなたに選ぶことができるのは、もはや何を置いていくかだけ」

　わたくしは告げます。

「爵位か――あるいはその首か。選びなさい、今ここで」

　その後、ブロード子爵は爵位を返上し、帝都からやって来た若く有能な貴族が、この地を治めるようになります。

　でも、その時のわたくしにわかったのは、自分があの瞬間、決定的に変わってしまったことだけでした。

　その日の夜、わたくしは長い夢を見ました。

　様々な未来の景色の中で、様々なことを見聞きし、知りました。

　その後、セイカ様と結ばれる未来を視ることは、二度とありませんでした。

　齢七つを、いくらか過ぎた頃のことでした。

　もっとも、何度も未来を覗き見、成熟した自分の意識を感じていたわたくしにとっては、実年齢などあまり意味のない数字だったかもしれません。

◆　◆　◆

それからすぐに、お母様が何者だったのかを聞かされ、わたくしは生きる目的を決めました。

不思議と活力が湧いてきました。

あとはもう、行動あるのみです。

ただ少し経った後、どうしても避けなければならない未来があることを知りました。

何度も未来を覗き見ましたが、どうもいい方法が見つかりません。

仕方がないので、もう正面からぶつかることにしました。

◆　◆　◆

月がとても明るい夜でした。

わたくしは、用意した卓とお茶の位置を直しながら、じっとその時を待ちます。

やがて、その人物が姿を現しました。

人物、と形容していいのかわかりません。

部屋の中、景色の歪みから現れたその影は――わたくしの倍はあろうかという、巨大な灰色の骸骨でした。

全身に襤褸《ぼろ》を纏い、空洞なはずの眼窩には、青白い光が不気味に灯っています。

手に引きずるのは、鈍い黄金色の大剣。刃渡りの部分だけで、わたくしの身長ほどもありました。

人間どころか、魔族とも思えません。

ダンジョンの深層、地の底に君臨する強大なモンスターと言われた方が、まだ納得できるくらいです。

椅子に座るわたくしは、カップを傾けながら、その者に微笑みかけます。

「ようこそ。お待ちしておりました」

その者は、戸惑ったように身じろぎしました。大剣が微かに鳴ります。

「今宵は月の綺麗な夜ですね。どうぞ、お掛けください……と言いたいところですが、あなたにその椅子では小さいようです。ごめんなさい。お茶も、飲めるのならお淹れしますが……そうでないならば、ひとまず歓迎の意思だけ受け取っていただけませんか？」

「何故、我ノ来訪ヲ予期シテイタ」

その者が訊ねます。まるで地の底から響いてくるような、低い声。

それは当然の疑問のようでいて、そうでもありません。

「その理由は、あなたにも見当がついているのではありませんか？　逆に問いましょう。なぜ、あなたはわたくしの下にやってきたのか」

「……」

「いえ、失礼しました。質問に質問で返すのは、あまり誠実な態度ではありませんでしたね。お詫びの代わりに、その質問に一歩踏み込み……なぜわたくしが、あなたの襲来を知りながら逃げも隠れもせず、このように座して死を待つような真似をしているかをお答えしましょう。一言で言うならば、これは定めだからです」

「……ナニ？」

「未来の中には、蝶の羽ばたき程度では決して変えることのできない、大いなる運命の流れがあります。あなたとの邂逅もその一つ。それらしく言い換えれば、定めとも呼べましょう。こればかりはどうにもならなかったので、せっかくだから歓迎することにしたのです」

「ソレハ……」

「ああ、思えば、あのお方の苦労も、そういった類のものだったのでしょう。知識を得たために問題が起きたのではなく、無知な小娘のままでは気づけなかっただけなのです。あのお方は、きっと最初から苦しんでいた。勇者も魔王も、実現しないはずのない、定めの一つだったのですから……」

語り終えてその者に目を戻すと、どうやら引いているようでした。眼窩の光が、まるでやばいやつを見ているかのように揺れます。

人は、理解できないものを恐れます。

このような捉えどころのない振る舞いが、時に交渉を有利に進めることを、わたくしは経験で知っていました。

ただそれはそれとして、このような化け物じみた存在にこんな態度を取られると、ちょっと傷つきます。

「……ナラバ、ドウスル」

ようやくその者が、言葉を発しました。

「ヨモヤ、コノ場デ無策トモ、言ウマイ。我ニ抗スル手ガアルノナラ、見セテミロ。人ノ小娘ガ弄スル策程度デ、我ガ……」

「無策ですよ」

「ナ……ナニ？」

「策などありません。それどころか、歓迎すると申し上げたはずです」

「貴様ハ、何ヲ言ッテイル……何ヲ、考エテイル」

「わたくしは、あなたと話したかったのです」

「何ダト？」

「あらゆる未来で、わたくしはあなたに殺されました。逃げたわたくしも、隠れたわたくしも、たくさんの兵を用意したわたくしも、例外なく死にました。しかし、一度も――あなたと対話を試みたことはなかった。ゆえに、知らないのです。あなたがなぜ、わたくしを狙うのか」

わたくしは、その者を真っ直ぐ見つめて言います。

「ぜひ、教えてくださいませ。どうしてわたくしを殺そうとするのです？」

「……」

「ここには誰も来ません。回答の後でも、あなたには目的を達する時間が十分残されています」

やがてその者が、静かに言葉を発します。

「……貴様ガ、託宣ノ巫女ノ末裔デアルカラダ」

「その程度のことは、わたくしも予想しておりました」

むしろ、他に理由など考えようがありません。

「重ねてお答えくださいませ。なぜ、託宣の巫女を殺そうとするのです？」

「ソノヨウナモノ、決マッテイル。ソレガ、魔王様ノ助ケトナルカラダ」

「なるほど」

その答えからは、いくつものことがわかりました。

魔王様。魔族ではなく、魔王でもなく、魔王様。

「あなたは……かつて魔王に仕えていた。そして再び、今回の魔王に仕えようと？　そのための手土産が欲しい、といったところですか？」

「ソノヨウナコトハ、望マヌ。我ニハ、恐レ多イ、コトダ」

「……」

「我ノ目的ハ、タダ、贖罪《ショクザイ》ヲ果タスコトノミ。カツテ、魔王様ヲオ守リスルコトガデキズ、無様ニモ生キナガラエテシマッタ罪ヲ、贖《アガナ》ワナケレバナラナイ。ユエニ、次ナル魔王様ニ立チ向カイウル人間ヲ、探シダシ、コノ手デ殺ス。ソノ程度デ罪ヲ雪《スス》ゲルカハ、ワカラヌ。愚カダト、無様ダト笑エ、人ノ小娘ヨ。ダガ我ニハ、モハヤ他ニ、果タスベキ事ガワカラヌ……」

「……なるほど」

まるで、亡霊のような人でした。見た目以上に、その生き様が。

ただ、一方で……やはりすごく、まともな人のようでした。

罪の意識と共に長い長い年月を生きているにもかかわらず、話す言葉は筋道立っており、その意思はしっかりと正気を保っているように見えます。

そして、何より――――何度も殺された未来で、わたくしが苦しんだことは、その実ほとんどありませんでした。兵以外の、無関係な者が死んだことも、ほとんどありませんでした。

わたくしは、その者に微笑みかけます。

「ありがとうございます。答えてくださったお礼に、一つ情報を提供しましょう。魔王は、すでに誕生しています。勇者と共に」

「ナンダト……！」

やはり、知らなかったようです。わたくしのことは探り当てたのに、変な方。

まああの姿を見るに、目で物を見、耳で音を聴いているわけではないでしょうから、彼独自の情報収集手段があるのでしょう。今は重要ではありません。

「……何故、我ニ告ゲタ。貴様ニ、ドンナ得ガアル」

「うふふっ、うれしいですわ。ようやく、わたくしの仲間にふさわしい方に巡り会えました」

「ナニ……？」

「わたくしを殺す必要などありません。なぜなら……わたくしの意思も、あなたと同じだからです。今回の魔王を助けるという目的で、わたくしたちは協力し合えます」

「……馬鹿ナ」

その者が、重々しく言います。

「人ガ何故、魔王ニ利スル。言イ逃レニシテハ、アマリニ、稚拙ダ」

「魔王はわたくしの恩人でして。お会いしたことは、実はまだないのですが」

「戯レ言ヲ……」

「まあ、信じがたいのは無理もないでしょう。しかしそこを置けば、これはいい提案だと思いませんか？　わたくしは人間で、しかも身分があります。加えて、策を巡らせる心得もある。どちらもあなたにはないものです。これらを提供する代わりに、力を貸してほしい。あなたの強さがあれば、たいていの脅威に打ち勝てる。それは今、わたくしが最も必要としているものです」

「話ニ、ナラン」

その者が吐き捨てるように言葉を発します。

「ソレハ、貴様ノ意思ガ真実デ、初メテ成リ立ツ協力関係ダ。ソレヲ我ニ、ドウ示ス」

「元より、この場で信用を得られるとは思っておりません」

「フン、ナラバ……」

「ですから」

わたくしは指で、自らの首をつ、となぞります。

「もしわたくしの言葉が偽りだと感じたならば――――その時にあらためて、この細首を刎《は》ねなさい」

「……！」

「あなたを最も信頼できる護衛として、常にそばに置きましょう。もちろん公にはできませんが、あなたの能力をもってすれば、他人に気づかれず近くに控えることは容易なはず。どうぞ、いつでも背後から刺してください」

「……理解、デキン。貴様ハ、正気カ？」

「わたくしも、それだけ本気だということです。あなたはどうです？　先の言葉は、もしや自らを慰めるためだけの偽りでしたか？　仮にそうであるならば、あなたに期待するものなどありません。さっさと用を済ませて去りなさい」

長い長い沈黙が降りました。

しかし、やがて。

「……ヨイダロウ」

その者が、重々しく言葉を発しました。

「貴様ノ挑発ニ、乗ッテヤロウ」

「まあ、挑発だなんて。でも、うふふっ、うれしいですわ。これからあのお方のために、共に尽力しましょう」

わたくしはご機嫌でした。

うまく危機を脱せたうえに、強力な護衛まで手に入ったのです。

ゆえに、はしゃいでしまうのも無理はなかったと言えるでしょう。

「これからあなたは、わたくしの騎士です！」

「……騎士、カ。コノ我ガ騎士ナドト、呼バレル日ガ来ルトハナ」

「では、跪《ひざまず》きなさい」

「ム？」

「叙勲の儀式です」

「……ソレハ、必要ナノカ？」

「必要です。こういったことは、人の社会では大事なのです。ほら早く」

その者が、不承不承といった様子で膝を突こうとしました。その前に、わたくしが言います。

「あっ、ダメです。剣を渡しなさい」

「ム、何故ダ？」

「あなたの剣をわたくしがこう、肩に置くのです。叙勲はそうやるのです」

「……無理ダ。ヤメテオケ。コレハ、重イ」

はしゃいでいたわたくしは、水を差されて少しむっとしてしまいました。

思えば、ここで自重できればよかったのですが。

「大丈夫です！　騎士は、主君の命に従うものなのです！」

「ムゥ……両手デ、持テ。クレグレモ、落トスナ」

わたくしはその者から、鈍く光る黄金色の大剣を受け取りました。剣先は床に引きずったままです。

そして骸骨の手が離された瞬間、すさまじい重さが、わたくしの両手にかかりました。

仮に全身を使っても、支えきれたかどうかわからないくらいの重さでした。

当然、柄は手から滑り……わたくしの足に落ちました。

ものすごい激痛で、視界には星が散ったほどでした。

わたくしはびっくりしたのとその痛みで、堪らず泣き出してしまいました。

「ふぇえええええええええ‼」

「ダカラ、言ッタダロウ！　ナ……泣クナ！　人ガ来ル！」

あれがあわてふためく様子は、今思い出すと笑えます。でも当時は、それどころではありませんでした。

幸い、あの者の存在が露見することはありませんでしたが……翌日、わたくしの足には包帯が巻かれていました。

「我ト、モウ一ツ、約定シテモラオウ」

わたくしの部屋で、あの者が――――後に聖騎士と呼ばれる、最初の一人が言います。

「身ノ丈ニ合ワヌコトハ、モウ、決シテスルナ！　我ガ手ヲ下スマデモナク、イツ死ヌカ、ワカラヌ！　オ前ハ……弱スギル！」

わたくしはそれを、頬を膨らませ、そっぽを向いて憮然と聞いていました。そうしたら、聞いているのかと怒られました。

齢、十に届かぬ頃のことでした。

◆　◆　◆

それからは順調でした。

支援者を増やし、お金を集め……わたくしの影響力は、次第に高まっていきました。

未来視の力は、この上なく役に立ちました。人の本性や求める物がわかれば、適切な時期に適切な相手と手を結べます。あるいは未来で流行したり、値上がりする品物がわかれば、お金を稼ぐことも簡単です。

人とお金は、政治的地盤の基礎です。その広がりは、影響力の高まりと同義でした。

帝都へと移り住む頃には、有力者の間でも、わたくしの皇位継承権が意識されるようになっていました。

暗殺者はたびたび差し向けられましたが、最強の聖騎士には敵いません。やがて聖騎士の人数が増えていくにつれて、刺客の数も減っていきました。

セイカ様との未来も、また視えるようになりました。

もちろん、婚約者としてではありません。それは、わたくしが自分の意思で彼に会えるようになるほど、影響力が強くなったことを意味していました。

もう、蝶の羽ばたき程度に留まらない、大きな力で未来を動かせるようになったのです。

わたくしは次の、具体的な行動を開始しました。

視察の名目で地方を巡り……最後に、帝国軍の東方駐屯地を訪れました。

グライ・ランプローグ、という人物に会うためです。

剣士でありながら風と火の魔法を操る、若き士官。

そして、セイカ様の実の兄でもあります。

かつて視た未来では、彼とセイカ様は互いに憎まれ口を叩きながらも、仲のいい様子でした。わたくしにも兄弟がいたらと、うらやましく思ったことを覚えています。

彼を聖騎士に任命することで、セイカ様との間接的な繋がりを作ることが目的でした。そうすることで、後の様々な行動がとりやすくなるのです。

もちろん、せっかく育てた士官を引き抜かれるペトルス将軍には、多めの詫び料と有能な人員の斡旋を約束することを忘れません。

「せ、聖騎士!? おれが……?」

グライは、普通の人物でした。

少々粗野であるものの、皇族を前に緊張し、聖騎士に選ばれて驚くような、普通の人物。

「お、おれなんかでよければ、ぜひに……!」

それでも、最後には申し出を受けてくれました。

聖騎士の中で見れば、若干十七歳で士官となった彼であっても、実力は一段劣ります。

しかし、彼には他の聖騎士にはない、優れた特徴がありました。

普通なのです。

こう言ってはかわいそうですが、他の聖騎士は皆、絡みにくいタイプの変人ばかり。なので、比較的歳が近く、気軽にいじれるグライはわたくしの周りでは希少な人物でした。

ちょっといじりすぎたために幻滅されてしまった気配がありますが、それはまあ、仕方のないことでしょう。

◆　◆　◆

グライのことは気に入っていました。後のためとはいえ、聖騎士に引き入れてよかったと思うほどに。

だからこそ……ランプローグ邸の庭で、セイカ様と決闘を始めようとしているのを見た時は、思わず卒倒しそうになりました。

いったい何をしてくれているのでしょう。もう台無しです。

もしかしたら今この時は、兄弟仲が悪いのでしょうか。

「まあ、決闘」

この時、わたくしは怒りと焦りを抑えるので必死でした。

顔も微妙に引きつっていたと思います。

「わたくしの聖騎士が決闘だなんて、なんということでしょう。これを見届けることが、きっとわたくしの定めなのでしょうね」

意味がありそうでないことを口走りながら、なんとか落ち着こうと努めます。

幸いにもそれは功を奏し、辛うじていつものわたくしのペースに戻すことができました。

それからわたくしは――――ようやく、待ち望んでいた二人と相対します。

一人は、アミュさん。

今回の勇者。

彼女のことは、もちろん知っていました。今まで視た未来で何度も、それこそセイカ様と婚約していた未来でも、そのお顔を拝見しています。

綺麗な方です。

豪奢《きやしや》に着飾った、大事に扱われる宝石のような貴族の娘は何人も見てきましたが……アミュさんには、彼女たちのそれとはまったく違う、自分一人で成り立つような強い美しさがありました。

未来で何度も視た方と実際にお会いするのは、やはり感慨深いです。思わずじまじまじと見てしまいました。

いえ……違いますね。

わたくしも、実は緊張していたのです。

ですが、いつまでもアミュさんと話しているわけにもいきません。わたくしは意を決し、彼を振り向きます。

「セイカ・ランプローグ様」

そのお姿を正面から見て、わたくしは思いました。

ああっ……セイカ様です！

何度も何度も、数え切れないほどの未来でお会いした、セイカ様です！

今は、わたくしと同じ歳のはずですから十五歳。年齢の割りにやや幼く、どこか女の子っぽいすっきりとしたお顔も未来で視たそのままです！

はわわわわ……っ。

「わたくしの急なわがままを聞いてくださって、感謝いたしますわ」

普通の顔で普通に喋っていますが、わたくしの心中はようやくこの方に出会えた興奮で荒れ狂っていました。

セイカ様が何かお答えになりましたが、内容がよくわかりません。

「……あの、何か？」

セイカ様が訝しげに言います。

お顔をじっと見つめていたことに気づき、わたくしははっと我に返って首を横に振りました。

「なんでもありませんわ。セイカ様も、大変な実力をお持ちと聞きました。なんでも帝都の武術大会で……」

口が勝手に動きます。政治家としてのわたくしは、この場にふさわしい皇族としての振る舞いを、きちんとなせていました。

ですが、頭の中はやはり感動でいっぱいです。

「……あの、やっぱり何か？」

わたくしはまたはっと我に返りました。

ダメです、このままではボロが出てしまうかもしれません。

わたくしは伝えるべきことを伝え、ひとまずこの場は早々に切り上げることにしました。

「ここにいる間、どうかわたくしと仲良くしてくださいい」

最後に口走ってしまったこの台詞だけは、政治家としての言葉ではなかったかもしれません。

◆◆◆

それからランプローグ領にいる間、わたくしはずっとはしゃいでいました。

きちんと振る舞えているつもりではありましたが、どこか変な言動もあったかもしれません。

セイカ様の周りに女の子が何人もいることに、少しもやもやして揶揄してしまったり。

交流を深める目的で街へ出たはいいものの、思ったようにいかず不機嫌になってしまったり。

贈り物をもらって舞い上がってしまったり。それで仲良くなれたと思い込み、ぐいぐい行ってしまったり。

お話しして一緒に笑い合えたことを、心から喜んでしまったり。

あの者に訊いても、『イツモト、サシテ変ワラヌ』としか言われませんでしたが……わたくしは、やはりどこか変だったと思います。

幼い頃、未来に視た形とは違うものの、セイカ様と同じ時を過ごしていたのです。

楽しかったに決まっています。

◆◆◆

だからこそ。

お別れの時が近づくにつれ、わたくしはだんだんと不安になってきました。

離ればなれになるのが寂しかったのではありません。

セイカ様と心を通わせることができたのか、本当にこのまま別れてしまって大丈夫なのか、自信がなかったのです。

セイカ様は、魔族の襲撃など軽く制してしまわれることでしょう。

問題はその後。

アミュさんの危機は大いなる流れの一つであり、わたくしでも防げません。反勇者の派閥は決して小さくなく、グレヴィル侯爵一人の暴走という形にする程度が限界でした。

運命の夜は、否応なくやってきます。

憔悴していたアミュさんを元気づけ、わたくしは待っていました。

帝城への被害は、もちろん想定の内です。

やがて、セイカ様が現れます。囚われの勇者を助けるために。

セイカ様に厳しい言葉を投げかけられ、内心では泣きそうになりながらも、政治家としてのわたくしは真っ直ぐ彼に向かい合いながら、流れるように言葉を紡ぎます。

「今は退いてください」

これが、セイカ様にとってどれほど受け入れがたい要求かはわかっていました。

アミュさんを、この暗い地下牢に残し、去れと言っているのです。

わたくしのことは、ともすれば彼女を捕らえた首謀者にも映ったことでしょう。そんな人間に言われて立ち去ったのでは、セイカ様がわざわざここへ来た意味がなくなってしまいます。

それでも――――信頼さえあれば。

かつて視たわたくしたちのように、お互いを信頼しあえていれば……きっと、受け入れてくださると。穏便に事を収めようとするわたくしの意思を信じてくださると、そう思っていました。

でも――――。

「君たちの、いったい何を信じろと言うんだ？」

その言葉を聞いた時、わたくしは足元の大地が消え失せたような感覚になりました。

ただ、それでも――――どこかで、その返答を予想していたように思えます。

これまで視たどんな未来でも……そして今生きているこの時も、セイカ様は、わたくしにすべてを打ち明けてはくださらなかった。

彼には、きっと何か、大きな秘密がある。

そしてそれを知らない限り、セイカ様に信頼されることは決してないのだと、心のどこかで感じていました。

「いえ……わかりました。ならば結構です。どうぞ、アミュさんを連れて行ってください」

心とは裏腹に、政治家としてのわたくしは、あらかじめ決めていた事柄を滑らかに話します。

今のわたくしは、かつて視た未来のような、無知な小娘ではありません。

政治家らしい狡知があります。他人を動かす言葉を持っています。

誠実な演技だってできます。

それらは、素直で優しい人にこそ有効であることを、わたくしはよく知っていました。

最良でなくとも、次善の結末には導けます。

あの幸せな未来とは違う、今のわたくしだから、できることです。

◆　◆　◆

「……コレデ、ヨカッタノカ」

「ええ」

セイカ様が発った後。

すっかり元通りにされてしまった帝城の城門前で、あの者の問いに、わたくしはうなずきます。

これで一つの危機を回避できました。

「アノヨウナ存在ガ、相手ダッタノダ……恐ラク今宵、オ前ハ、コノ帝国ヲ救ッタノダロウナ」

「帝国を……？　うふふっ、妙なことを言います。今夜のあなたは、やはり変ですよ。人の暮らしを長く見すぎましたか？」

「ム……」

「帝国を救うだなんて。我々の目的は、そうではなかったはずでしょう？　此度の魔王を助ける。その共通した意思により、わたくしたちは手を結んだはずです」

あの者は、少し沈黙した後に言います。

「……ソノヨウナコトハ、イツシカ、忘レテイタ……。アノ晩、オ前ノ言ッタトオリニ……我ノ言葉ハ、タダ自ラヲ慰メルタメダケノ、偽リダッタノカモ、知レヌ。余剰ナ生ノ意味ヲ、求メテイタダケダッタノカモ、知レヌ」

「……」

「オ前ハ、違ッタノカ……？　アノ場限リノ、言イ逃レデハナク……本当ニ全テハ、アノ恐ロシイ魔王ノ、タメダッタノカ？　コノ国ト、同胞ヲ慈シム心ヲ、オ前ハ持チ合ワセテイタヨウニ、思エタガ……」

「もちろん、そういう思いもありますよ。ですが……わたくしにとっては、それ以上に大切なものがある。それだけです」

帝国を助けることは、手段でしかありません。

あの方を、国や世界といったものと対立させないためのもの。

ランプローグ領で過ごした最後の日。戦棋の盤を挟んで、わたくしの生きる目的を話した時、セイカ様から問われたことが思い返されます。

『その助けたい子供とは、帝国のことですか？』

いいえ、あなたです。

あなたを助けたいのです、セイカ様――わたくしの初恋の人。

自分が決定的に変わってしまったと感じた、かの日の晩。

長い長い夢の中で視た、一つの未来の光景が、頭から離れません。

◆　◆　◆

長い体をくねらせて飛ぶ、蛇のような青いドラゴン。

猿の頭、狸の体、虎の手足に黒雲を纏い、小鳥の声で囀るキメラ。

周囲に火の玉を漂わせ、死者を求める巨大なスケルトン。

痩せ細り腹の突き出た醜悪なゴブリン。自らの子を探して啼く不気味なハルピュイア。

幾体もの強大な、おどろおどろしいモンスターを従えながら――――瓦礫の山と化した帝都の中心で、勇者の亡骸を腕に抱いたセイカ様が、虚ろに呟きます。

『ああ、また失敗してしまった……。だがきっと……きっと次の生こそは、幸せに……』

その未来で、どうしてそのような悲劇が起こってしまったのかはわかりません。

次の生というのが何を意味するのかも、わたくしにはわかりませんでした。

ですがそれは、紛れもなく、起こり得る未来でした。

◆　◆　◆

今、未来は揺蕩《たゆた》っています。

太い運命の流れすら、定かではありません。

それはわたくしの持つ、未来を変える力が増してきたか……あるいは、セイカ様の心が揺れている証なのかもしれません。

あの悲劇が起こってしまう可能性も、ないとは言い切れないでしょう。

でも――――大丈夫です、セイカ様。

わたくしが、あなたを助けます。

長い長い未来の夢を見て、お母様が何者だったのかを聞かされたあの日、わたくしは生きる目的を決めました。

かつて、皇帝の落とし子として、巫女が生んだ禁忌の子として……自由のない生活を送るのは、仕方のないことだと。他人の思惑に翻弄されるのが自分の定めだと、どこかそう考えていた時期がありました。でも、それはまったくの間違いでした。

だって、魔王が勇者を助けるのです。

彼らの争いが定めでないのなら、いったい何が、人の定めだと言えるでしょう。

セイカ様。あなたは幼いわたくしに、生きる意味をくださいました。色味のない日々を、鮮やかに彩ってくださいました。

あなたのおかげで、わたくしはこんなに強くなれました。

だから――――次は、わたくしが助ける番です。

安心してください、セイカ様。

わたくしが必ず、あなたを幸せにしてみせます。

本書に対するご意見、ご感想をお寄せください。

あて先

〒162-8540 東京都新宿区東五軒町3-28
双葉社　モンスター文庫編集部
「小鈴危一先生」係／「柚希きひろ先生」係
もしくは monster@futabasha.co.jp まで

Mノベルス

最強《さいきょう》陰陽師《おんみょうじ》の異世界転生記《いせかいてんせいき》　～下僕《げぼく》の妖怪《ようかい》どもに比《くら》べてモンスターが弱《よわ》すぎるんだが～③

2020年7月1日　第1刷発行

著　者　小鈴危一《こすずきいち》

発行者　島野浩二

発行所　株式会社双葉社

〒162-8540　東京都新宿区東五軒町3番28号

［電話］03-5261-4818（営業）　03-5261-4851（編集）

http://www.futabasha.co.jp/（双葉社の書籍・コミック・ムックが買えます）

印刷・製本所　三晃印刷株式会社



［電話］03-5261-4822（製作部）

ISBN 978-4-575-24294-2 C0093　